奏でるアラ古希

有森 小枝
Koeda Arimori

文芸社

目次

この本を、出版を心待ちにしてくれていた天国の母に贈ります。

奏でるアラ古希

一、オープニング曲

デイサービスや老人ホームでのボランティアを始めて早三年。昭和歌謡をウクレレで弾き語りする演奏会は、毎度このオープニング曲から始まる。

歳をとってもオッケー　人生はこれからだ
六十過ぎてウクレレ始め　大好きな歌を弾き語り
たまに変な音出しますが　一緒に歌ってくださいね
元気にハッピーで過ごそ　人生は最高だ

楓《かえで》の年代にとって、ウクレレと言えば牧伸二。
あー　やんなっちゃった　あーあああ驚いた
で始まる漫談は、六十代以降の人には懐かしい。

楓の夫は、楓がボランティアに行くとき、いつも、

「きょうも牧伸二に行ってくるんか」

と言う。

このオープニング曲もそんな夫の言動から生まれた。牧伸二の漫談のあーやんなっちゃったのメロディーの替え歌になっている。


もともと楓は、人前に出るのが大の苦手だった。

数年前の自分からは、ウクレレを弾いて人前で歌うなど、想像もできなかった。

そして、今、目の前で演奏を聴いてくれている九十歳になる楓の母にとっても。

楓の母は数日前、このホームに入所したばかりだ。

三か月前、食べ物を詰まらせ、いわゆる誤嚥性肺炎で近くの病院に入院し、入院前は、介護度2だったが、退院時には介護度5のマックスになっていた。

入院する前までは、デイサービスセンターに週三で通い、歩行器に頼りながらも少しは歩ける状態だった。お風呂はあぶないのでデイサービスで入れてもらい、その他の日は、朝の洗面と一度のトイレ以外はベッドで過ごしていた。

介護認定をうけたのは、二年前に転んで、背骨を圧迫骨折したのがきっかけだった。日に日に弱って体がきかなくなって、楓の母は、できることが減っていく自分に情けなさを感じていた。

「こんな風になって生きていたくないわ。早くお迎えきてくれないかしら」

が口癖となっていた。

「大丈夫だって。また元気になれるから」

「迷惑かけてごめんね。厄介者になってしまって」

「そんなことないよ。ぜんぜんそんな風に思ってないよ」

というのが精いっぱいだった。そんな会話を何度も繰り返すうち、だんだん返事するのもおっくうになってしまっていた。

楓が出かけるときは、いつも、

「早く帰ってきてね。気を付けてね。マスクちゃんとしてきなさいよ」

が口癖だった。

おしめや食事のことを考えると、五、六時間が出かける限界だった。

デイサービスの日も、お迎えの車が来る時間の九時以降にでかけて、帰ってくる時間前には家にいないといけないので、門限四時のシンデレラだった。

もともと、楓の母は活発な人で、八十八歳までは奇跡の八十代と家族は呼ぶほど元気だった。洋裁も特定のお得意さんの服をずっと作って内職をしていたし、編み物もプロ級で、以前はデパートの毛糸売り場で教えていた。八十近くまで自転車を乗り回して、広告をみては安い近所のスーパーに買い出しに行っていた。働いていた楓に代わり、楓の三人の息子も半分以上、育てたのは彼らの祖母である母だった。

今、目の前にいる母は、リクライニングして、ほぼ横になった車いすに乗り、じっと、楓をみつめていた。手先が人一倍器用で手を休めることなく動かしていた母の手は、硬直して、鉛筆を持つことも、ナースコールのボタンを押すことさえ、もはやできなくなっていた。

楓の母の入居したホームは、介護付き住宅型老人ホームで、まだできて一年の新しいホームだった。そこを見学するため、楓夫婦で行ったときに、ウクレレのボランティア活動していると話したら、ぜひ一周年記念の行事に来てくれと言われて、ウクレレユニット奏《かなで》の三人で訪れた。

母の日が近いこともあって、森昌子さんの『おかあさん』を歌ったときには、楓は母の顔をみられなかった。泣いてしまいそうになるから。
ウクレレを始めて、本当に良かった。母にみてもらえた。
母は、それから一か月もせずに亡くなった
一人っ子で頼りない楓を、いつも心配してくれた母。
明るい娘になりました
と歌う楓をみて、少しは安心してくれたかな。
楓は、今もデイサービスや老人ホームに行くと、どこかに母がすわってみてくれている
ような気持ちになる。

二、ウクレレユニット結成

なぜ、六十歳すぎてからウクレレを習い始め、ウクレレユニット奏を結成したかという
と、きっかけは五年前にさかのぼる。
楓が住んでいる市では、市が主催する六十歳以上の人が入れる学園がある。学科も様々、

クラブ活動もある。

　絵が上手くかけたら楽しいだろうなという軽い気持ちで美術学科に入学し、クラブは、美術学科が絵の道具が多いのと、家で絵を描いていかなければならないという理由で、荷物が少ない宿題のないクラブということで第一希望にフォークソングクラブを選んだ。フォークソングクラブは人気があり、かなりの倍率の抽選だと聞いて、くじ運のない楓は、だめだろうなと第二希望を真剣に探している間に、くじを引くのが一番最後になった。その最後に残っていたくじがたまたま当たりくじだった。

　キーボードやギターなど弾ける人は優先的に入部できると聞いて、楽器ができるといいなあとあこがれた。実際、クラブに入って、キーボードやギターを弾いている人たちはキラキラ輝いてみえた。

　フォークソングクラブの人は先輩も同級生も、みんな明るくて積極的で、前へ前へ真ん中へ真ん中へ出る人がほとんどで、みんなテンションが高い。消極的で、すみっこが落ち着く楓は、クラブ初日に、
　失敗したわー。

　場違いなところに入っちゃったわー。

ついていけないわー。

と後悔し、続ける自信がなくなった。

そんな楓の唯一の話し相手は隣にすわっていた可奈子だった。

「今度、フォークソングクラブから何人かで老人ホームへボランティアに行くけど、一年生からも希望者いたら手あげて」

とクラブ代表が言うと、
隣の可奈子は、

「はい、行きまーす」

と一番に手をあげた。

流石だね。

と他人事に思っていると、楓の右手を持ち上げた。

「そこ二人ね」

えー!

「がんばろうね」

と、可奈子はなんの悪気もない笑顔を向けている。

どんな性格？

断る理由も勇気もなく、ボランティアに参加した。

ここで可奈子が楓の右手をあげてくれたのが、きっかけで、その時いっしょにボランティアをした同級生と少しずつ仲良くなり、ボランティアの帰り、地下鉄の電車の中で楓が、

「私、ウクレレかギター習ってみたくて、今度、無料体験に行ってみようかなと思って」

と話すと、

「私もその教室なら家から近いから、一緒に行きたい」

と言ってくれ、教室に通い出した。

それが今のウクレレユニット奏のメンバーになった。

ところが、それから何か月もたたないうちに、新型コロナウィルスがはやり始め、ステイホームが推奨され、ウクレレ教室も休校、せっかく入学した学園も休校になってしまった。コロナのご機嫌をうかがいながら、開校するといっては、またコロナがはやって休校を繰り返し、こんなことの繰り返しで恐る恐る通学してもと、学園の退学をきめた三人が、急に時間がぽっかりあいて、結成したのがウクレレユニット奏である。

きっかけを作ってくれた可奈子は、早々に他に興味のあることをみつけ、コロナがはやるよりも前に退学していった。陽気な嵐のような子だった。今も突然メールくれたりする。

三、キャッチフレーズ

ウクレレユニット奏の三人でいると、とにかく楽しい。思っていること考えていることが似てるし、曲選びも好みが似ていて、スムーズに決まる。三人とも、そんなに積極的な方ではなく、三人の並びを決める時にも、誰が真ん中に立つかで、みんな端がいいと言って、結局背が高いという理由だけで、楓が真ん中に追いやられた。そうなのだ。楓たち三人にとって、真ん中は追いやられる場所。そして、楓が一番年下なので、ここは従うしかない。いつも居心地わるい違和感を覚えて、真ん中に立っている。

演奏する曲は、昭和歌謡が主で、時々リクエストがあれば唱歌も歌う。年に数回、こどもランドや赤ちゃん広場などにもいくので、童謡、手遊び歌なども歌う。手話や早口言葉、踊り、喜んでもらえるなら、なんでもあり。

奏には、キャッチフレーズがある。
オープニング曲と自己紹介のあと、

かなでの頭文字で、私たちキャッチフレーズを考えました。
かなでの「か」は
奏でます
かなでの「な」は、
懐かしい歌
かなでの「で」は
出前にて
よろしくお願いしまーす

奏でます　懐かしい歌　出前にて
と書いた三枚のうちわをみせてキャッチフレーズを発表する。

演奏会の司会進行を担当するのが、菖蒲《あやめ》こと、あやちゃん。とにかく歌が上手。ボランティアをはじめようと誘ってくれたのも、活動の場を探して営業してくれるのもあやちゃんだ。七十歳から再び奏のために、車の運転を再開して、活動場所まで送り迎えしてくれる。あやちゃんがいなければ、活動できない。奏の代表である。

さらなる奏のパフォーマンス向上のために、フルートやキーボードまで習ってくれている。しっかりもののあやちゃん。若いころは、看護師さんだった。

そして、演奏会の衣装を三人お揃いでいつもつくってくれているのが菫《すみれ》ことすーちゃん。すーちゃんは、リズム感が抜群で、合いの手をいれるのが上手。すーちゃんがいると明るくなる。奏のムードメーカーだ。裁縫ができて、料理もプロ級で、三人の中ではお嫁さんにしたい№1だ。あくまで三人というせまい中だが。若いころは銀行員だった。

かっちゃんこと楓は歌もうまくないし、ウクレレもよく間違えるが、折り紙や工作で小道具をつくったり、楽しい企画を考えたり、楽譜や歌詞カードを作ったり、インスタに活動をあげたりする、裏方の役目が好きだ。若いころは、図書館司書だった。

三人それぞれの得意分野を発揮して、不得意なことを補いあって、失敗したら笑顔でごまかす、それが奏だ。

奏の練習は、馴染みのカラオケ店で。部屋も十九番と決めている。窓があって、明るい部屋だ。老眼の三人には楽譜が見やすい明るい部屋が一番。しかし、店に入って一時間くらいは、たわいない話をしているうちにあっという間に過ぎてしまう。

すーちゃんと楓には、共通のあこがれの人がいる。

フォークソングクラブの先輩だ。

初めて二人同じ人にあこがれていたことを知って、

「いやあ、ライバルじゃん」

「三角関係?」

「って、むこうが相手にしてくれてないって」

「誠実な人柄だもんね」

「そうそう、絶対下ネタなんて言わないよね」

「奥さんおもいだし、浮気なんかしない。奥さん一筋って感じ」

「そこがいいんだよね」

「遠くから、憧れているだけでいいの」

「そうだね。考えるだけで幸せな気持ちになれる」

「うんうん」

「わたし、いっしょに写ってる写真と動画、永久保存だからね」

楓は、携帯の写真を二人にみせた。二人で写っているわけでなく、大勢の写真の中にたまたま同じ画面に入っているという写真だが。

「えっと、ところで先輩の名前なんだっけ?」

「ええー！　忘れたの?　すーちゃん、ありえない」

「なんだっけ?」

「ほら、あれ?　なんだっけ」

こんなに話題にのぼらしておいて、名前が出てこないなんて。

歳をとるって、笑える。

そこに、あやちゃんが落ち着いた口調で
「井口先輩でしょ」

と一言。

「実はあやちゃんも隠れファン？」

「違う、違う。私は韓国ドラマに出てくるような、細マッチョな人がいいわ」

そんな話をしているうちに、一、二時間。気が付けば、ウクレレも出さぬまま、お昼になっている。

四、一難去ってまた一難

突然だった。

右下脇腹が痛い。かかりつけのお医者さんに行くと、盲腸かもしれないと言われ、紹介状を書いてもらって大きな病院へ。検査の結果は、やはり盲腸。

入院して、点滴治療をと言われたが、楓は今、まさに母の介護真っ最中。ウクレレのボランティアもある。

「入院は、母の介護をしなくてはならないので、無理です」

というと、

「入院できないなら、毎日点滴に通ってきてください」

と言われた。

一時間から一時間半の点滴。

ポツリ…ポツリ…ポツリと一滴ずつ落ちる点滴をみていると、思わずじれったくなってきて、点滴パックをぎゅっと握って一気に体に入れてしまいたくなる。

「修行だー。修行だ！」

と頭の中でお経のように唱える。

五日間毎日通って、お腹の痛みも治まって、無事釈放された。

「先生、何が原因で盲腸になるんですかねえ。盲腸にならないよう予防方法はないですか？　今は、入院したり、手術したりは絶対できないんです」

「盲腸の原因はわかってないんですよ。神様がたまたまあなたを指さしただけで」

ほー、お医者さんなのにメルヘンチックなことを言うんだと、楓は、無精ひげをはやしたいかついお医者さんをみた。

もう一つ、お医者さんの迷言を思い出した。母が圧迫骨折をして、通っていた整形外科にて。

「先生、痛み止めの薬は胃が悪くなるし、粒が大きくて飲みにくいです」

と母が言うと、

「もう九十歳過ぎられたかね。もう好きなように生きればいいよ。薬も飲みたかったら飲む。飲みたくなかったら飲まない。自分の思うように自由にすればいいからね」

母はどう感じたかわからないが、楓としては、見放されたみたいでショックだった。

本当につらいときこそ、寄り添ってくれるお医者さんって、この世にいないのか。

盲腸が治まって、しばらくすると、こんどは食道のあたりがくーっと苦しい感じがして、食べ物がつまって下りて行かない感じがするようになった。すみれの感覚では、食道に大きなできものがある感じ。また、かかりつけのお医者さんに行って、今度は胃の内視鏡検査。鼻から管を入れてやるのは、初めてだったが、以前口から入れる検査をしたときより、ずいぶん楽だった。検査しながら会話もできた。

以前は、検査でいっぱいいっぱいで画面をみる余裕もなかったが、今回は自分の食道、胃、腸の入り口までみることができた。

やさしい男の先生で、

「きれいですねー。いいですよー。ほんとうにきれいですねー」

と言われた。

ここ何十年、きれいですねなんて、言われたことなかった。…いやいや見栄をはった。生まれて初めて言われた。

たとえ内臓であってもうれしい。食道がんとか疑っていた楓は、これで身辺整理しなくてもいいし、母を預ける施設を探さなくていいとほっとした。

と同時に、入院したら、ゆっくりできたのかな。母を施設に預ける理由ができたのかなとも思った。

体の自由がきかない母は、

「お迎えが早くきてほしい」

というのが、口癖になっていた。デイサービスのスタッフさんや、訪問診療の先生や訪問看護の看護師さんにも、毎回言っていた。

あるときには、ベッドから落ちて立てなくなってしまった母が楓に、

「殺してくれ」

と訴えた、母の気持ちはわかる。でも、それだけは。

「私を殺人犯にする気なの！」

と母から離れ、違う部屋へ移った。

一分間、気持ちを落ち着かせ、母の部屋にもどった。

ケアマネさんに、そろそろ母の施設を探す準備をしたいと言ったら、

「まだまだ、がんばれますね」

と言われた。

がんばれるかどうかは、他人が決めるのではなく、私ではないかと、楓は思った。

検査の結果は、逆流性食道炎だった。

五、デイサービスの楽しみ

楓の母は、最初デイサービスにいくのは、気が進まないみたいだった。最初かよいだした頃は、杖を使わなくても、どうにか歩けた。転ぶと危ないから使ってくれと、デイサービスから言われて、いやいや持っていったくらいだった。

「あんたが、楽できるし、お風呂いれてもらえるからね」

と、自分を納得させているみたいだった。

それも、ある日から変わった。

大塚くんが迎えに来てくれるようになってからだ。とっても気持ちのいい青年で、二十代後半くらい。

「やすこさん、お迎えに来ましたよ」

と、楓の母の部屋のベッドまで迎えに来てくれて、自分の肘をつかませて、大塚くんも母の肘をつかんで、おいっちにおいっちにと大塚くんは後ろ歩きにあるいていく。迎えに来るのが、いつも大塚くんとは限らないが、大塚くんが迎えに来てくれるときは、楓の母はうれしそうだった。

「ひじとひじが一番安心」

「きょうも元気でがんばりましょう」

と明るく話しかけてくれる。

ラグビーをやっていたという大塚くんは、小柄ながらがっちりした体格で、安心して母をまかせられた。汗っかきで、いつもひたいに、汗のつぶつぶが光っていた。

「デイサービスは、ぼけたような人や、大きな声だしたりする人がいて、スタッフさんも忙しそうで、なかなかしてほしいことしてくれない」とぼやいていたが、そんな不満も話しやすい大塚くんに言うようになって、デイサービスを喜んで行くようになった。

服も前は、なんでもいいからと言っていたのに、あれがいい、それはだめと選ぶようになった。髪もとかして、リップもぬるように。

そんな母を笑ってはいけない。楓も、前までは、母の身支度に忙しくて、自分は化粧もせず、髪もくちゃくちゃで送り出していた。

しかし、大塚くんがお迎えかもと思うと、ちょっと気にするようになっていた。

歳をとっても、八十になろうが、九十になろうが、死ぬまでそういう気持ちはなくならない。ときめきはすごい力を持っている。

六、認知症は行ったり来たり

楓の母が、ホームに入る前入院していた病院にお見舞いに行くと、母は私をみるなり、

「あんた、髪の毛うすくなったねー」

と驚いたように言った。そういう時は、大抵一緒にお見舞いに来た楓の夫がわからず、母から言えば婿になるが、自分のだんなだったり、兄だったりになる。

第一声で、髪の毛薄くなったねと驚くときは、娘の楓はまだ多分独身の頃の二十代くらいの娘の記憶なんだと思う。

そして、

「おかあちゃんは、どうしてる?」と四十年以上前に亡くなった母親が生きていると思っている。

「今、近江長岡におる?」

と自分の里である滋賀県にいるつもりになっている。

「ここは名古屋だよ。名古屋の病院。長岡のおばあちゃんは、だいぶ前に死んだよ」

「へえー、そうかね。にいちゃんは?」

「長岡のおじさんも死んだよ」

「名張のねえちゃんは?」

「だいぶ前に死んだ」

「柏原のねえちゃんは？」

「一昨年死んだ。一緒にお葬式行ったよ」

「さみしいねえ。みんな死んだんか」

と悲しそうに言う。

見舞いに行くたび、このやりとりを繰り返す。

はっきりしているときもある。楓の髪の毛の薄さに驚かず、婿の名前を呼んだときは、普通に会話ができる。夫をみるなり、

「直彦くん、忙しいのにお見舞いに来てもらって悪いね」

といつもの母だったりする。

楓の母が元気だったうちは、楓は母に頼りきっていた。力も母のほうが強くて、瓶のふたがあかない時も母のところへ持っていってあけてもらった。ゴキブリが出た時も、母に知らせると、スリッパをもって瞬殺してくれた。

そんな強い母が、今、弱い楓を頼っている。

母のために強くならなきゃ、せめて母が生きている間だけでも。

と思う楓だった。

七、しだれ桜と足踏みミシン

楓の息子たちが、まだ小さい頃、桜の種をどこからかもらってきた。植木鉢に植えると、もやしみたいにひょろっとした芽が出てきた。こんなの育つはずないとみんな思って、ほったらかしにしていた。楓の母だけが、ときどき水をやって、あきらめず世話をしていた。

そして、そのしだれ桜は、今、大人になった息子らの背丈を超えて、生き生きと葉っぱをつけている。まだ花は咲いたことがない。母は花咲く日を心待ちにしていた。今は長男が引き継いで、桜の世話をしている。

母の葬儀の時、家族が母にあてて書いた寄せ書きの色紙のメッセージには、

おばあちゃん、来年あたりには、水やりしてくれたしだれ桜が満開に咲くはずだから、花見しようね。

とあった。

母は亡くなってしまったけど、桜が咲くとき、きっと母はそこにいると思う。

母が亡くなっても、庭に家に、母の思い出はいっぱいあふれている。

楓の母の部屋には、今では博物館にあるような年代物の足踏みミシンがある。

楓の母が、嫁入り道具に持ってきたミシンなので、七十年近くたっている。つい数年前まで現役で動いていた。母の相棒だ。

楓が小さい頃の母といえば、いつもミシンの前にすわって、ゴトゴトゴトゴトと音をさせて服を作っていた。楓はそんな母の背中を見ながら育った。楓が退屈しないよう、押し入れ一面に紙をはって、そこに楓は絵を描いて遊んでいた。母は背中を向けていたけど、さみしくなんてなかった。母の心はいつも楓をみていてくれることがわかっていたから。

寒い夜。昔は、豆炭のあんかを布団にいれて、足や腰にあてて、暖をとっていた。

楓が小学生の頃の冬の夜、

「寒くて寝られない」と言うと、自分のあんかも楓の腰にそっと入れてくれた。

おかあさんも寒いのにと思ったら泣けてきた。

暑い夏の夜。楓が「暑くて寝られない」と言うと、うちわを持ってきて、楓が眠るまでずっとあおいでくれた。

母の深い愛をもらって、楓は生きてきた。

だから、楓の中にも母がいる。

八、お葬式と結婚式

楓の母の通夜、葬式は、母の遺言で近所の人にも知らせず、家族のみで行った。

だから、とても静かで落ち着いたのんびりしたお葬式だった。

お坊さんのお経は相変わらず長かったが、昔、楓の父が法事のたびに、お坊さんに、

「ありがたゃーとこ、ちょこっとやってちょー」

と言っていたことを思い出していた。

その、ユニークな父も、二十五年前に亡くなっていて、楓の母は、四分の一世紀未亡人だった。

お棺に入れるものなども、燃えにくいもの以外は、母の好きなものを自由に入れさせてくれた。

母の若いころからの写真を何枚か持っていって、編集してお葬式で流してもらった。半世紀前のミニスカートの写真、家族旅行の写真などが次々映しだされた。

元気に笑顔で写っている母をみていたら、思わずほろりと泣けてきそうになった。その時、隣で喪主の楓より先に夫が泣き出した。

わたしが先でしょ。

と思ったら、涙が引っ込んでしまった。

お棺のふたをしめる前、花をみんなで体のまわりに置いて、口に水を葉っぱにのせて持っていくところ、最後のお別れ、一番泣けるお葬式のメインだ。

そこでは、母がアイスクリームが好きだったと話したら、アイスクリームにしましょうと葬儀の方が言ってくれて、ハーゲンダッツのバニラを口元へもっていった。

ばっちゃん、大好きなアイスだよ　病院ではなかなか食べさせてもらえなかったね。

「食べてね」

と声をかけたら、涙があふれだした。まさにそのとき、横で楓の夫が号泣。

楓は、とうとう号泣できぬまま、お葬式が終わってしまった。

そういえば、はるか昔、楓の結婚式の時もそうだった。

新婦から両親への手紙が読まれるシーン。

ここは新婦と新婦の両親の涙の名場面、もっとも盛り上がるシーン。

そのときも、新郎の方が先に泣き出していた。

楓は、あっけにとられて、笑えてきた。感激して泣いている新郎の横で笑っている新婦って、なんか楓が冷たい人みたいにみえてないかと、結婚式のビデオを見返すたび、不満に思う楓だった。

人生の中で、結婚式の新婦、お葬式の喪主というめったにない主役を、楓は夫にもっていかれた。

九、のど自慢と欽ちゃんの仮装大賞

ウクレレユニット奏には、二つの目標がある。

一つは、のど自慢出場。

もう一つは、欽ちゃんの仮装大賞出場だ。

両方とも、今年予選会までは行った。

予選会まででも、相当大変だ。

でも、予選会までだった。

楓にとっては、ここ何十年来の夢で、三十代のころから、ときどき周りの家族や友人などに話はしていた。

「わたしさあ、のど自慢と仮装大賞出たいんだよね」

「ふーん。がんばってね」

とスルーされて、話にのってくれる人はいなかった。

六十過ぎた今、やっとのってくれる、ウクレレユニット奏のメンバーに出会えたのだ。

欽ちゃんの仮装大賞予選会で言われたのは、

「ああ！　っと一回びっくりするだけでは、足りない。ああ！　っあああー！　おおー！　っとびっくりするようなものを」

と。

予選会に出るまでも、何度も家に電話がかかってきて、いろいろアドバイスをもらって、修正した。

　その中で、

「人間が人間に仮装してもつまらない」

　と言われ、ハワイアンをウクレレ演奏するおっちゃんが、ひっこめーとヤジを飛ばされ、一瞬で絶世の美女に変身するストーリーから、無人島のヤシの木がウクレレを弾いて暮らしていたが、退屈になって、カメの神様に一瞬で絶世の人間の美女に変身させてもらうストーリーに変更した。後ろ姿は美女だが、振り返るとブサイクで、カメの神様が、「おや、失敗」とオチも付けたのだが。

　しかし、本選のテレビ放送を見たが、大賞をとったのは、スマホのティックトックで踊る人間の親子だった。何を信じればいいのだろう。

　のど自慢は、予選本番直前まで、会場の向かい側のカラオケ店で二時間くらい練習を繰り返し、二番まで歌詞を一生懸命覚えた。

　しかし、予選会場に入って、出番が来たら、三人ともあがってしまって、出場番号と曲名を言うのを忘れるし、音楽が鳴りだしたら、緊張マックスで、三人ともなぜか同じところで歌詞を忘れてしまうという大失態。

キャンディーズの『春一番』
もうすぐ春ですねえ
のあとの
彼を誘ってみませんか
が出てこなかった。
そりゃあ、そうだろう。ここ数十年、彼を誘ったことないんだから。
結果は当然不合格。
下手でも合格している人もいるし、上手くても不合格の人もいる。審査基準を把握するのは難しいが、次回は、敢闘賞ねらいでがんばろうと話し合った。
来年こそ、絶対出場するぞと思う三人だ。

十、みあげる人

初めて楓が夫に会ったとき、一八三センチの長身の夫をみて、この人とずっと会話していたら、ずっと見上げなきゃいけなくて、首が凝ってしまうなあと思った。

しかし、結婚してみたら、夫の身長は五〇センチになっていた。

家にいるときは、テレビの前でほとんど寝転がっている夫の顔は、床から五〇センチのところにあって、みおろす人になっていた。

楓の夫は、数年前に定年退職した。定年退職した年はまさにコロナ全盛期で、外出は悪のように言われ、コロナが収まるまで、ここ数年何もせぬまま過ごしていた。

最近、コロナも5類になり、収まりつつある中、ギターを習い始めた。

月一回のゴルフとたまのアマチュア無線以外、これといった趣味のない夫の初めての習い事。

いつか夫のギターの腕があがったら、チェリッシュみたいに白いギターやてんとう虫のサンバなど、一緒に弾き語りできたらと、楓は秘かに思っているが、

「やだ」

と二文字で返されそうだ。

ウクレレユニット奏にゲスト出演してもらうのも楽しそうだが、

「しない」

と三文字で返されるだろう。

楓の夫は、すべてがこんな感じで、頑固で自分の意見を曲げない。

食べ物の好みも、まったく違っている。

楓は、ねぎ、しそ、三つ葉、みょうがなど香味野菜が大好きだが、夫は大の苦手。

「こんなもんは、人間の食うもんじゃねえ！」

と、自分の嫌いなものはすべて一喝して食べない。

結婚して四十年。もはやご自由にという心境に至っている。

十一、コロナとともに

ウクレレユニット奏は、新型コロナウィルスがはやっていなかったら、結成することはなかったかもしれない。

緊急事態宣言がなければ、学園も休校することはなかったし、無事に普通にすんなり二年で卒業して、さようならしていたかもしれない。

それが、休校が長引き、四年近く在学しているうちに、ステイホームが長く続いて、外出が悪のように言われて、なにか発散する時間が必要だった。

最初は一、二件のデイサービスに二か月に一度くらいのペースだった。

それもコロナ真っただ中で、感染防止でサッシの窓から入って、出るところや、外のベランダで用意するところなどあって、大変だった。こどもランドでは、

「みんな、歌わないで静かに聴いててね」

と言わなければならなかったり、線が引かれて、距離がうんと離れていたり、おまけにマスクして歌わなければならなかったり、制約が多かった。

それがやっと最近、コロナも落ち着いてきて、ボランティア依頼が増え始め、月五、六回のペースでボランティアに行くようになってきた。

コロナのため、五年間ボランティアの受け入れをやめていたところもあって、とにかく行くと喜んでくれる。

楓たちみたいに、まだ三年目のつたない歌と演奏でも。

感謝しかない。

十二、盛り上げ上手、ほめ上手

いろいろなデイサービスセンター、老人ホーム、コミュニティーセンターなどにボランティアに行くようになって、終わったときに、きょうは楽しかったなあと思うところと、きょうは盛り上がらなかったなあと思うところがある。

もちろん、盛り上がらなかった原因の一番は、楓たちの演奏技術不足、歌唱力のなさ、トークの未熟さ、企画だおれ、など奏の責任なのだが、その次に大事なのは、スタッフの皆さんや、利用者の皆さんのノリだと楓は思っている。

ウクレレユニット奏がデビューしたデイサービスセンターはかなり大きな施設で、いつも四十人前後の利用者さんがみえ、それにスタッフさんが数人。

デビューした日は、もう三人ともあがってしまって大変だったが、スタッフさんが常に声をかけてくれて、盛り上げてくれた。利用者さんも、間違えて失敗しても、

「がんばれ！　どんまい」

と励ましてくれた。

二回目からは、歓迎と書いたホワイトボードのイラストや三人の名前を書いたうちわを用意して、応援してくれた。

ここがデビューの所で本当によかった。ここで育ててもらった。

みんなの前に立って、ウクレレを弾き語りして、初めてわかったのは、何十人いても、けっこう一人一人の表情がわかること。そして、ちょっとでも、つまらなそうにしていたり、怖い顔をしていたり、無表情だったり、い眠りしていたりする人がいると、不安でたまらなくなるんだということ。

「こりゃだめだ」

「へたくそだなあ」

なんてつぶやく声もしっかり聞こえている。

今まで見る方の立場で、何十人もいたら、一人くらい返事しなくても、歌わなくても、見てないよねと思って、無表情にしていたかもと、楓は反省した。

相手の立場にたってみて、初めてわかることって、いっぱいあるんだなあと思った。

だから、最近は、何千人のコンサートだろうが、私のことみていてくれてると思って、全力で応援するようになった。全力で応援すると、自分も数倍楽しいこともわかった。

老人ホームへ行くと、デイサービス以上に年齢も上になるし、体の動きも不自由な人が増え、表情もとぼしくなったりする。

演奏会中もシーンとしていて、つまらなかったかしらと思って、演奏会を終えて帰ろうとすると、手をにぎって、

「よかったよ。ありがとう。また、来てよ。待ってるからね」

と言われ、楽しんでくれていたんだとわかる。

表情がなくても、心できっと喜んでくれていることを信じて、心をこめてがんばろうと楓は思った。

あるデイサービスでは、一番前で、どの曲も一緒に歌って盛り上げてくれる利用者さんがみえて、歌が一曲終わるたび、拍手して拝んで喜んでくれる、小柄で可愛いおばあちゃん。あとで、スタッフさんに聞くと、耳が聞こえないんですよと言われ、驚いた。

いくつになっても、まわりの人を明るくさせてくれる、そんなおばあちゃんになりたいと、楓は思った。

十三、タイムマシーンがあれば

その電話は、突然かかってきた。

楓の母の入居しているホームからで、夕食時食べ物を詰まらせ、救急車で運ばれたという電話だった。

とりあえず、急いで楓の夫の車に飛び乗った。まだどこの病院に搬送されるかわからない状態ということで、ホームにむかった。ホームに着くと、搬送される病院が決まったと救急車から連絡があり、そちらへむかった。むかう車の中で、病院から電話があり、

「心臓マッサージを続けているが、これ以上すると、あばら骨が折れますが、続けますか」

と言われ、楓は、

「もう、いいです。楽にさせてあげてください」

と伝えた。

日ごろから、「延命は望まないからね」と母に言われていた。

病院に着くと、母はもう意識がなかった。胸を上下させて荒い苦しそうな息をしていた。

「ばっちゃん、大丈夫だよ」

と声をかけて、手をにぎったり、頭をなでたりすることしかできなかった。

「心肺停止が十五分続いていたので、意識が戻ることはないでしょう。もって一か月くらいだと思います」

と言われた。実際、目の前で苦しい息をしている母をみていたら、心臓マッサージはいらなかったんじゃないか。その時、なにもせず、命を終えた方が楽だったんじゃないかと思えた。

その日は母の隣の簡易ソファーで泊まったが、心拍数などが出るモニターをみて、生きている証を確かめるしかなかった。ときどき警報音みたいなのがなると、不安になって生きた心地がしなかった。

二年前、雨戸を閉めようとしてころぶ前までは、母は元気だった。

タイムマシーンがあって、あの時にもどって、転ばないよう注意できたらいいのに。

その時、モニターの警報音が鳴りやまず、モニターの数字がくるくる動き出した。波線も激しく動き出した。

いつのまにか、楓は家にいた。そして、そこには、元気な母がまさに雨戸をしめようとしている。

「ばっちゃん、待って！　私が閉めるから！」

楓は大声で叫んでいた。

ドシン
楓はソファーから落ちていた。

「大丈夫ですか？」

目の前にいたのは、看護師さんだった。

それから五日目、母は一か月もたたずに亡くなった。

家の両隣には、一人暮らしのお年寄りがいる。二人とも九十歳前後だが、今も自分で歩いて元気に自立して生活している。朝五時前から庭木の手入れをする左隣の青山さん。脚立に乗って高い所の枝まで切っている。ヨガにテニスに毎日出かけていく右隣の水野さん。派手な柄の蛍光色カラーのスパッツがよく似合っている。母の何がいけなかったのか。元気な二人に会うたび、うちの母もこんな風に元気だったらなとさみしい気持ちになる楓だった。

もし今も母が元気だったら、九十歳前後の町内アラソツ（卒寿）三人娘で、楽しくやっていたかもしれない。

楓たち、ウクレレユニット奏も、アラコキ（古希）の現在も、アラベイ（米寿）になっても、母たちの歳のアラソツになっても、ウクレレ三人娘として、活動を続けていけたら幸せだなあと、楓は思っている。きんさん、ぎんさんは百歳から活躍したんだから。まだまだやれそう。

十四、エンディング曲

六十五歳は、人生の折り返しの歳。

退職して、年金がもらえるようになる。

公共交通機関がフリーで乗れる敬老パスが、使えるようになる。

うれしいような、さみしいような、老いを証明されたような複雑な気持ちになる。

オープニング曲があるように、ウクレレユニット奏には、エンディング曲がある。

うちら陽気な奏のおばちゃん
歌を歌うの大好きで　ウクレレ弾いて歌ったら
たちまち仲良し愉快だね
また　会いましょう　また　会いましょう
ふたたび　会う日を　楽しみに
それでは皆様　ごきげんよう

これも六十代以降の人がお馴染みの、かしまし娘が最後に歌う歌の替え歌になっている。
いつか来る自分のお葬式には、最後にこの曲を流して、

それでは皆様　ごきげんよう

と明るく陽気に棺桶のふたをしめてもらいたいと思う。

ウクレレユニット奏の三人で、元気な今のうちに、このエンディング曲をCDに録音して、三枚作って、お葬式には、これを流してもらうよう、子供たちに遺言しておこうねと約束している。

そのためにも、心残りのないよう、元気なうちにやりたいことはやって、一日一日大切に過ごしていきたいと楓は思う、六十五歳、敬老仲間入りの今日この頃だ。

よってあなたを賞します

一

望海《のぞみ》はわくわくしていた。

「私、逢いたい。その幻のお店の幽霊さんに」

航《わたる》は乗り気ではなかったが、望海からやっぱりビビリだと言われたくなくて、幻の店を探すことになった。

都会から少し離れた森の中にあるそのお寺では、毎月二十一日にマルシェ（市場）が開かれていた。普段は訪れる人もまばらなお寺も、その日ばかりは買い物客でにぎわっていた。

マルシェで、焼き立てパンを売っていた話好きのおばちゃんに、その話を聞いた二人は久々に背中がぞわぞわした。

「その店はね、ひっそりと木陰に店を構えて、店主は目深につばの広い帽子をかぶって、黒ずくめの衣装ですわっているんだよ。呼び込みするわけでもなく、何を売るでもなく、ただじーっとさ。それも見える人には見えるが、見えない人には見えない幻の店」

おばちゃんは、ごろごろイチゴの自家製ジャムパンを渡しながら、わけありげにニヤリと笑った。

「お寺だから、やっぱり、ゆ、幽霊くらいいるよな。べ、別に危害加えるわけじゃないし、いいんじゃない」

航は、冷静な言葉とは裏腹に、危うくおばちゃんから受け取ったジャムパンを落としそうになっていた。

彼らは、マルシェの日にご朱印をもらいに、このお寺へやってきた。大学のご朱印集めサークル。といっても二人だけで今のところ非公認。男女ではあるが、恋人ではない。

二人は境内に並んだ店を注意深く見ていった。あめ細工のお兄さんの器用に動く手、陶器店に吊された風鈴の音、串カツ屋さんのおいしそうなソースのにおい、しゃがれ声でおじさんが呼び込みをする植木屋さん、占いのお店に、足裏マッサージのお店。面白そうなお店がいっぱいで一日では足りないくらい。

　でも、肝心の幻の店はみつけられずに、とうとうお寺の本堂まで来てしまった。

「やっぱり、そんなに簡単にはみつけられないんだよ。なんたって幻だから。もう、ご朱印もらって帰ろうよ」

　そう、航が言った時、鳩が二人の足元にククーックククーッと寄ってきた。

「ごめんね。さっきジャムパン全部食べちゃったし、何も食べ物持ってないのよ」

と望海が言うと、鳩は二人から離れ、ヒョコヒョコと歩きだした。でも、しばらく歩くと立ち止まり、振り返って、まるでついて来いよと言うようにククーッと鳴いた。二人があとをついていくと、本堂の裏手に樹齢何百年というような大木があり、その太い幹の根元に置かれた椅子に女の人が静かにすわっていた。

「でたーあ！」

　航は、望海の後ろに隠れた。

　噂のとおり、夏だというのに黒ずくめの衣装に顔の表情がわからないくらい深々とつばの広い帽子をかぶっていた。

　望海の方は、近づいていき、静かにそっと聞いた。

「こんにちは。ちょっとお尋ねしますが、あなたはいったい何屋さんですか？」

その女の人は、蚊の羽音より小さな声で、

「ほめやです」と言った。

二

「ほめや？」

「はい。人をほめる賞状を書きます」

か細い声でそう言うと、女の人は、サンプルの表彰状を見せた。

卒業証書とか、作文コンクールや図画コンクールとか、スイミングの何級とかで、誰もが押し入れの奥に何枚かは持っているやつだ。

でも、最近は高校の卒業証書以来、とんと縁のない紙だ。

「人をほめたいんです。自分もほめられるとうれしいから」

望海は小さな声を聞き逃さぬよう、耳を近づけた。

「なるほど、私だって、ほめられたいわ。いいお店じゃないの。でも、宣伝しないとなんのお店かわからないよ」

望海が言うと、今まで後ろに隠れていた航が、前に出てきた。

「ネットでホームページ作って、宣伝したらいいんじゃない？」

「私、パソコンも携帯も持ってないんです」

航も女の人にうんと耳を近づけた。

「へー、今時珍しいね」

「航、パソコン得意じゃん。ホームページつくってあげたら？」

「じゃあ、望海は絵がうまいから看板描いて、チラシも作って配れば？」

「オッケー、私たち夏休みで暇だから、手伝ってあげるよ」

「本当にいいんですか？　ありがとうございます。お礼に何かしたいんですが、私にできることとありますか？」

「じゃあ、ひとつだけ、ある人に表彰状書いてほしいの。夏休み終わった時でいいわ」

「わかりました」

「そうだ、まだ名前聞いてなかったね。私は望海。こっちが航。二人とも大学二年」

「私は小春です。二十歳なので、たぶん同級生ですね。でも、学校は中学の頃から行ってません。いじめられたことがきっかけで学校に行けなくなってしまって。ずっと、家に引きこもっていたんです。私のことが原因で両親も離婚して、母と二人暮らしです。中学の先生に『小春さんは字が奇麗だね』と言われたのがたった一つ他人からほめられた言葉です。二十歳になって、大人だなと思った時、何かしなきゃと思って、偶然、ラジオでこのお寺が月に一度のマルシェでお店を募集しているのを聞いて、応募したんです」

小春はそう話しながら、こんなに人に長く話せたのは、中学一年以来だと自分でも驚いていた。母以外の人と話したのは本当に久しぶりだった。

「そうか、がんばったんだね。今までどんなお客さんにどんな賞状書いたの？」

「それが、この半年間、マルシェは月一回なのでもう六回やってるんですが、一人もお客さん来なくて」

「そりゃそうだよ。黙ってすわってちゃ、何屋かわからないよ。それで幽霊だなんて噂が、いてて！」

航は望海に蹴飛ばされた。

あなたは人にほめられたことがありますか？

あなたは人をほめたことがありますか？
ほめやは、あなたの気持ちを賞状に乗せて
大切な人に届けます。

三

一か月後、マルシェのほめやには、お客がちらほら来るようになった。ホームページとチラシの効果があったようだ。

ホームページから依頼を受けて書くことも考えたが、小春は、実際会って話したいと言った。七年間引きこもっていて、人と話をするのが苦手な小春だが、心のこもった文章を書いて、もらった人を笑顔にしたいという思いらしい。

しかし、何しろ小春の声は、蚊の羽音より小さいので、お客さんが聞こえづらい時は望海と航が通訳することになった。

最初のお客さんは、初老の紳士だった。ほめやの前を何度も行ったり来たりして、ちらりとこちらを見たり、咳払いしたり。

「おじさん、ほめやに御用ですか？」

と望海が聞くと、

「客が前を通ったら、『いらっしゃいませ』とか『いかがですか』とか声をかけるもんだ」

と文句を言いだした。

「すみません」

と小春が言うと、

「はあ？　聞こえんぞ」

と怒りだした。

「失礼しました。いらっしゃいませ。こちらへおすわりください」

望海が招くと、紳士はほっとしたように腰をおろした。

「店主は声が小さいので、聞こえづらい時は私が大きな声で伝えますので、よろしくお願いします」

と望海が言い、航もペコッと頭をさげた。

紳士は佐々木さんといい、つい一か月前に定年退職したそうだ。

「退職する日、会社で花束と感謝状をもらってね。送別会も開いてもらった。寂しさもあったが、一生懸命働いてやりがいもあったし、自分の会社人生に悔いなしと思い、誇らしい気持ちで家に帰ったんだ。妻にお帰りなさい、長い間お疲れさまでしたと迎えられて、涙が出そうになったよ」

佐々木さんは目頭を押さえた。

「でも、これ受け取ってくださいと妻から渡されたのは離婚届だった。冗談だろって思ったよ。テレビドラマのシーンで何度か見たが、まさか現実に自分が言われるなんて。そして、妻は俺がもらってきた花束を見て、私は今までそんな花束、誰からももらったことなかったわね、感謝状や賞状も結婚して以来、一度ももらったことなかったわねえと、寂しそうに笑ったんだ。妻にはもちろん感謝してるさ。そんなこといちいち言わなくてもわかってくれてると思ってた」

「奥様は今どちらにみえるんですか？」

小春がやっと聞こえる声で聞いた。

「妻は里へ帰ってる。離婚届にサインしたら里へ郵送してくださいと言い残して。最初は怒りしか感じなかった。何十年も家族のために働いてきて養ってきたのに、こんな仕打ちがあるかと。でも、ひと月の間一人で暮らしてみて、妻のありがたさを毎日、いや毎時、毎分感じたんだ。当たり前だと思っていたことが、当たり前じゃなかった。お茶一つうまく淹れられない。暗くなったら電気をつけて、明るくなったら電気を消すことも知った。火曜と金曜が燃えるごみの日、第三水曜が燃えないごみの日、木曜が資源ごみ。ごみは分別して出さなきゃいけないんだ。専業主婦の妻は、世間のこと何も知らないと思っていたが、毎日生活していく術を俺は何も知らなかった。風呂も最後に掃除しなきゃ次の日気持ち良く入れないんだと気づいた。俺は、長年連れ添ってくれた妻に感謝状を贈りたいんだ。最後くらい素直になって気持ちを伝えたいんだ」

「わかりました。奥様のどんなことに感謝しているか、具体的にあげてみてください」

佐々木さんは、聞こえづらかったらしく、望海がもう一度繰り返した。

佐々木さんはうなずいて、三十五年間の結婚生活をゆっくり振り返って、語り始めた。

小春は、メモをとって佐々木さんの話を丁寧に聞いた。

数日後、佐々木さんの妻の所へ、サインした離婚届と感謝状が届けられた。

佐々木真理子殿

あなたは三十五年間佐々木守の妻として
心のこもった料理を作りしわひとつない
カッターシャツを準備し三人の子供を育て
家族の健康を守り支えてきました
それがどんなに大変な事だったか　あなたがいなくなって
やっと気づきました
あなたの功績は多大なものであり　どんなに感謝しても
足りないくらいです　今までありがとう
よってここにあなたを賞します

平成二十九年八月二十五日

佐々木　守

佐々木さんの妻はそれを読んで涙が止まらなかった。

ここ数年、三人の子供が次々に独立して家を出ていくと、ほとんど会話がなくなった。何か話しかけても、夫はうわの空で温かい会話などなかった。なんでもっと楽しく会話ができないんだろう。二人でいても孤独を感じた。何十年もこんな状態が続くと思ったら、逃げ出したくなった。しかし、実家にはもう彼女の居場所はなかった。両親は年をとり、もはや実家は兄夫婦の家で、彼女はお客さんだった。仕事を探さなきゃ、家も借りなきゃ。でも、五十すぎた独身になるかもしれない、ずっと専業主婦だった女性はどこも相手にしてくれなかった。

不愛想な夫だが、やはり彼女はそんな夫に頼って生きてきたのだとつくづく感じていた。お互いいっしょにいると不満ばかり感じるのに、離れるとお互いの大切さを思い知る。残り少なくなってきた人生、すねてたってしょうがない。もっと素直になってお互い気持ちをぶつけあってみようと思った。そうだ、お互い違う人間どうし、何十年いっしょにいたって言葉に出さなければわからないんだ。

そして、彼女は同封された離婚届を真っ二つにやぶり、その紙で勢いよく鼻をかんだ。

四

次のお客さんはなかなか来ず、その間に航はニコニコ鼻歌を歌いながら何か作っていた。

「できた」

航が持っていたのは糸でつながった二つの紙コップ。

「何？　それ」

望海が聞くと航は、

「片道糸電話──」

とドラえもんがポケットから道具を出す時のような声で言った。

「はあ？」

「そう、それそれ。小春さんの声が聞きづらい時、いちいちお客さんが『はあ？』って聞いて、望海が繰り返すのめんどくさいじゃん」

「確かに」

「だから小春さんがこっちのコップを口に近づけて話して、もう一方をお客さんに耳にあててもらうと。すごいだろ」

「まあね。次に来たお客さんにためしてみようか」

望海が小春に聞くと、

「はい」

と小春がうなずいた。

次にやってきたのは、就活中の大学生だった。

「あのう、話を聞いてほしいんですが、ぼくでもいいですか？」

とおどおどして自信なさげだった。

大学生によると、友達が次々に内定をもらう中、いまだ一社からも内定をもらえずにいるとのことだった。

「会社から郵送される薄っぺらい封筒に入った、残念ながら…で始まる不採用通知を見るたび、心が押しつぶされそうになるんです。自分はこの世で必要のないダメな人間なんだと思って。数十社から断られ、もう永遠に採用されない気がして応募するのが怖くなってしまって。エントリーシートに嘘くさい志望動機を書いたり、面接の時だけ、空元気をみせるのも疲れてしまったんです。そんな時、目にとまったのが、お寺のマルシェでみつけたポスターの、あなたはほめられたことがありますか？　という言葉でした。

ほめられたことが一つも出てこない。エントリーシートの長所の欄も何を書けばいいかわからなくて、ネットでエントリーシート作成文例から適当に選んで書き写したこともありました。二十二歳の若さでそんな鉄壁の長所があるやつなんて、いるわけないじゃん。と言い訳しながら。資格、賞罰の欄も普通運転免許以外書くことがなくて。一度でいいから、思いっきりほめてほしい。賞状っていうものをもらってみたい。それを励みに、もう一度就活してみようと思ったんです。だから、自分をほめてほしいんですよ。おかしいですか？」

やっと、小春が話すタイミングがやってきた。

「うちの店主、声が小さくて聞き取りづらいので、この糸電話使ってもらえますか？」

と航が糸電話を渡した。一方を小春が口にあて、もう一方をお客さんが耳にあてた。

「自分をほめる。とてもいいことだと思います。では、あなたのことをもっと知りたいので、小さい頃のお話や、興味のあること、大好きな人の話など聞かせてもらえますか？」

「おれ、高木一平っていうんだ」

一平は糸電話を口にあてて話し始めた。

「話す方は普通で大丈夫です」

と航が言った。

「ああ、そうか。両親が働いていたから、ばっちゃんこでさ。小さい頃からばっちゃんだけはいつも味方になってくれた。学校でいやなことがあって落ち込んでいても、いつもばっちゃんに『大丈夫、大丈夫。明けない夜はないよ』と背中をぽんぽんとやさしくたたかれるとほっとするんだ。そんなばっちゃんが、大好きなんだ。子供の頃から、ばっちゃんとはよく旅行に行ったりしたけど、最近は足腰が弱くなって、外に出るのがおっくうになってしまったみたいなんだ。バスツアーなんかも探したんだけど、お年寄りにはきついツアーが多くて。それで今度、自分で計画立てて、レンタカー借りてばっちゃんを温泉旅行に連れて行ってやろうと思ってるんだ」

就活の話をしていた一平さんとは、別人のようにいきいきと話していた。

小春が紙コップを持って話し始めた。一平はあわてて紙コップを持って耳にあてた。

「やさしいんですね。旅行は好きなんですか?」

「大好きだけど、お金がないから、計画たてるのが趣味。国内、海外あらゆるツアー計画をたてたよ。百コース超えるかも」

「一平さん、いい所いっぱい持ってるじゃないですか」

小春は、紙コップを口から離すと、うれしそうに微笑んだ。小春が紙コップを口にあてると、一平もすかさずもう片方を耳にあて、片道糸電話に慣れてきたようだ。

「就活で旅行会社に行く時は、そのツアー企画持っていってみれば？」

と航が言うと、

「じゃあ、その時にお年寄りが安心して参加できるツアー企画も推してみたら？」

と望海が勧めた。

賞　状

高木一平殿

あなたは国内旅行　海外旅行のすばらしいツアー企画を

百コース企画し　さらにお年寄りにも安心して行ける
楽しいツアーを発案されました
この功績は多大であります　お年寄りを愛するやさしい心を
どうぞいつまでも持ち続けて社会に活かしてください
よってあなたをここに賞します

平成二十九年八月二十五日

賞状書士事務所ほめや所長　野々村小春

一平さんは、賞状を受け取り、自分の行くべき道をみつけ、半年後、旅行会社に就職した。今はバスツアーの添乗員として毎日忙しくしている。失敗ばかりでいつも怒られてばかりいるが、いつか企画部に行って、ばっちゃんを自分が企画したお年寄りが安心して参加できるツアーに招待するのが夢だ。ばっちゃん、それまで元気で長生きしてくれよ。ツアー企画は二百を超えた。

よってあなたを賞します

五

「まあ、懐かしいわねえ。糸電話」

次のお客さんは八十歳くらいの元気そうなおばあさんだった。

「これでお話できるの？　楽しいねえ。片道糸電話っていうのね。片道じゃなくて、往復にしてくれないかい？」

「ええ、もちろんオッケーです」

と航は片方をおばあさんに渡した。

小春とおばあさんは楽しそうに糸電話で会話を始めた。

「夫はもう五年も前に死んでしまったんだけどね、死んだ夫に感謝状をあげたいんですよ。おじいさんが生きているうち、私は悪妻で、おじいさんのことけなしてばかりいたの。随分ぞんざいに扱って。あの世に行った時、三途の川までお迎えに来てくれなかったらさみしいですからね。でも、とってもやさしい人だから、きっとニコニコ笑って待っててくれると思うんですよ。その時に感謝状を渡したいんです」

「わかりました。どんなことを書きましょう」

「ほかの人に聞かれたら、恥ずかしいので、店主さんと二人だけにしてもらえるかい？」

望海と航は少し離れたところから、二人を見守った。二人とも楽しそうで、ときどきおばあさんが少女のように顔を赤らめていた。

感謝状

田中喜八殿

あなたはこんな口の悪い私によくぞ一生添い遂げてくださいました
どれだけ腹がたったことでしょう　ごめんなさいね
いやいや結婚したと言い続けていたけれど、お見合いで一目見たときから
大好きでした　本当はあなたのことを心の底から愛していました
どうぞ生まれ変わってもまた結婚してくださいね

今度は素直なかわいいお嫁さんになりますから
ありがとね　そしてよろしくね

平成二十九年八月二十五日

田中つね

六

「ちょっとお尋ねしますが、賞状を贈る相手は人でないとだめですか？」

目を赤くした女性がやってきた。さっきまで泣いていたようだ。

「私、来月結婚して、遠くの町に引っ越すことになったんです。それで十年間大切に乗ってきた愛車を手放すことになって。その車に賞状を贈りたいんです。もし、次に乗ってくれる人があれば、大切に乗ってくれるいい人にめぐりあえるよう、その賞状といっしょに送り出してあげたくて」

「わかります。その気持ち」

望海が大きくうなずきながら答えた。

「私も小さい時、親が新しい車を買って、ずっと乗ってきた車が走り去っていく時、悲しくて泣けて、車の後ろをずっと追いかけていたなあ」

「車だけど、ペットのような、いやそれ以上、家族のような親友のような相棒みたいな存在になってるんだよね」

航が言った。

「もちろん車でも大丈夫ですよ。その車、愛称みたいなものありますか?」

小春が小さな声で聞いた。

「黄色くて丸っこい軽自動車で、月みたいなので、ムーンって呼んでます。助手席にはいつもうさぎのぬいぐるみラビがすわってて」

「私、童話で読んだことあります。月まで飛んでいくんですよね」

「そうそう、ぼくも知ってる」

「黄色い車　うさぎのおまけつき!」

三人は声を揃えて叫んだ。

「ありがとうございます。読んでいただいていたんですね。そうです。私、童話作家です。それ一作しか出版してないですけどね」

「賞状書いたら、持っていきます。童話のモデルになったムーンにぜひ会わせてください。私、あの童話大好きです」

小春が目を輝かせた。

賞 状

愛車 ムーン殿

あなたは免許取り立てで初心者の私を
いつも励ましながら無事に目的地まで届けてくれましたね
時にはあちこちぶつけることもありましたね ごめんなさい
まだまだずっといっしょにいたかった
あなたと離れるのはさみしいけど 次に乗ってくれる人が
いい人であるよう どれだけあなたが大切にされ愛されてきたかわかるよう

よってあなたを賞します

この賞状とうさぎのラビをあなたに感謝をこめて贈ります
今まで本当にありがとう

平成二十九年八月二十五日

香坂かなえ

七

小春には、幼稚園、小学校とずっといっしょに遊んでいた千秋という友達がいた。中学に上がり、入学式の前のクラス発表で同じクラスになって本当にうれしかった。二人で抱き合って喜んだ。楽しい中学校生活になると思った。

ところが、一人の男の子を二人同時に好きになった頃から二人の関係が変になっていった。そして、その男の子が小春のことが好きだとわかった頃から、千秋は小春を避けて別の友達グループに入っていった。そして、そのグループが小春の悪い噂をばらまいた。やがて、小春はクラスの全員から無視された。何が悪かったかわからない。人が怖くなった。そして、中学に行かなくなった。

毎日部屋に閉じこもって、カーテンも開けずにラジオや音楽を聴いて過ごした。テレビは人の顔が怖くてつけなかった。携帯も誰かからＬＩＮＥが来るのが怖くて処分した。パソコンも誰かとつながるのが怖くて電源を抜いたままにした。

父親は「学校に行け」「わがままだ」と怒って小春を部屋から力ずくで引っ張り出した。母親はそれを止め、二人は毎日けんかが絶えず、離婚した。みんな私のせいだと小春は思った。母親は、祖母の和紙工房で働きながら、小春を見守ってきた。

誕生日に手紙をもらった。母親はことあるごとに手紙を書いた。同じ家にいても話すより、手紙がうれしかった。何度も読み返せるし、ゆっくり自分のペースで理解できた。

小春、二十歳の誕生日おめでとう。大人になったんだね。でも、あせらなくていいよ。少しずつ、一歩ずつ前へ進もう。お母さんが生きている限り小春を全力で支えます。でも、お母さんがいなくなったあとも小春が一人で生きていけるよう、二人で考えようね。

小春は気持ちがやさしいから、きっと周りの人の心をあったかくできると思うよ。

当たり前のようにそばにいる人がいなくなってしまう。一か月前、元気だった祖母が倒れて入院し、一時は危篤状態になり、祖母も母もやがていなくなってしまうんだと底なしのさみしさと不安な気持ちでいっぱいになった。そして、母がどれだけ心配しているかもひしひしと感じていた。

以前からずっと考えていた、祖母と母がすいた和紙で賞状をかいて周りの人をほめたいという夢を実行に移した。祖母も小春の夢を聞いて、

「まだまだ長生きして、小春の夢を応援するため紙すきを続けるよ」

と、無事退院して仕事に復帰した。

八

マルシェ本日最後のお客さんが来た。小春の正面に立ち、

「私をおもいっきり怒ってください」

と言った。

「うちはほめやなので」

とか細い声で小春が言うと、

「春ちゃん、私だよ、千秋」

「秋ちゃん?」

小春が引きこもる原因をつくった幼なじみだった。小春は立ち上がり逃げ出していた。冷や汗が出て呼吸ができない。胸が苦しい。望海たちが追いかけてきて、小春は深呼吸を繰り返して事情を説明した。大丈夫、大丈夫と望海が小春の背中をなでた。

「ぼくたちがそばについているから、逃げないで話を聞こうよ」

と航が言った。

小春たちが戻ると、千秋はほめやの前で立ち尽くしていた。

「春ちゃん、ごめん。あの頃、私、春ちゃんがうらやましくてやきもちやいて、少しだけ春ちゃんを困らせたくなったの。こんなに春ちゃんを傷つけるつもりじゃなかった。入ったグループの子たちがいじめをどんどんエスカレートしていって止めることができなかった。ずっと苦しかった。謝らなきゃと思ってた。でも、勇気なくて。春ちゃん、あの時、

『私、それぼど好きじゃなかったから秋ちゃんに譲る』って言ったの。なんかその言葉にすごく傷ついた。私に遠慮しないで交際してくれた方がずっとよかった。だって、それまで私は春ちゃんよりなんでも上だと思ってた。勉強も運動も外見も。そして気弱な春ちゃんを自分が助けてあげて優越感にひたってた。だから、私じゃなくてなんで春ちゃんなの？　ってショックだった。初めて劣等感を感じた」

小春は、ずっとなんで自分がいじめられたのかがわからずにいたが、やっともやもやしていた雲から少し光が差した気がした。自分だけが傷ついていたと思っていたが、自分も傷つけていたんだと。

「私ね、学校の先生になろうと思って。あきれるよね。春ちゃんをこんなにしちゃったいじめっこの私が学校の先生だなんて。自分勝手な話だけど、胸をはって学校の先生になりたいの。どの口が言うかって思われそうだけど、いじめのない明るいクラスを作りたいの。ずっと感じてた心のもやもやをすっきりさせなきゃって。それにはまず春ちゃんに謝らなきゃって思ったの」

「秋ちゃん、今日は帰ってくれる？　私の気持ちを書いた賞状を秋ちゃんちに送るから」

小春は千秋の顔を見ることなく、うつむいたまま、そうつぶやいた。

賞　状

山本千秋殿

七年ぶりに秋ちゃんに会って　初めは秋ちゃんが怖くて
逃げだしてしまいましたが少し落ち着いた今　小さいころ
仲良く遊んだ楽しい日々を思い出しました
いじめは絶対に悪いことです　とても許されることではありません
でも、それには何かきっかけがあったことに気づきました
秋ちゃんも傷ついて苦しんでいたんですね
いじめていた人がいじめられていた人のところへ謝りに行く
秋ちゃんの勇気ある行動をここに賞します
今はまだ無理ですが二人それぞれの傷が癒えて　いつか
笑顔で話せる日が来ることを願っています

学校の先生になったら　いじめから目をそらさないで
いじめのない明るいクラスをぜひ作ってくださいね
私ももう逃げないで　少しずつ前に進んでいきます

平成二十九年八月二十五日

野々村小春

九

マルシェが終わった後、近くのカラオケ店で反省会を開いた。

小春はもちろん生まれて初めてのカラオケだ。

「いつまでも片道糸電話使うわけにはいかないし、大きな声が出せるよう練習しようよ」

と航。

「あと、やっぱりお客さんの顔を見て話さないとだめよ」

と望海。

「望海さんたちと話す時はなぜか顔を見られるんですけど、他の人の顔、まともに見られないんです」

「わかった。じゃあ、話す最後だけちらりと顔みてニコッと笑ってみよう。おれと望海でやってみるよ。望海が小春さん役。ぼくがお客」

望海の正面に航がすわった。

「いらっしゃいませ」と望海が言って航の方を見てニコッ。

「きょうはどんな賞状をご希望ですか？」ちらりと見てニコッ。

「こういう感じ。一瞬だからできるよ。大丈夫」

「あとはその服装ね」

「そうだ。三人お揃いでTシャツ作ろうよ。ほめやって胸元と背中にかいてるやつ」

「いいね、いいね。何色にする？」

望海が小春に聞いた。

「ええっと……」

「黒はダメ」

「ええっと……空色はダメですか?」

「いいじゃん。決まり」

「じゃあ、反省会はそんなところで。せっかくカラオケ来たんだから歌おうぜ」

航はもう歌いたくてうずうずしていたらしく、曲を選び始めた。

「小春は何歌う?」

「一人ではちょっと」

「わかった。じゃあ最初はみんなで歌おうよ」

三人はそれから何曲も歌った。

小春は今日一日で、引きこもってからの七年分よりもっとたくさん声を出した気がした。

体の中にたまっていたうじうじした気持ちも吐き出せた気がした。

「声を出すって、気持ちいいですね。ああ、すっきりした」

と小春は笑顔でつぶやいた。

十

小春のほめやは、賞状を書いてもらった人の口コミでだんだんお客さんも増え、マルシェのない日もお寺に問い合わせの電話がかかったりしていた。

そこで、住職の計らいで、お寺の一角を貸してもらい、賞状を書く仕事が常時できるようになった。そのかわり、家賃のかわりにご朱印を押したり、お守りを売ったりしてお寺のお手伝いをすることになった。

そして小春は、自動車学校に通い始めた。あの黄色い車ムーンとうさぎのラビは今、小春の家にいる。小春が運転する日を、ムーンとラビはうきうきしながら待っている。

蚊の羽音より小さかった小春の声も、今ではみつばちの羽音くらいになり、航が発案した片道糸電話もほとんど必要なくなった。ただし、耳の遠いお年寄りの時には便利だった。お客さんとして来た、あの田中つねさんは、糸電話で話すのを楽しみに時々やってくる。

お揃いの空色のTシャツを着て小春の後ろで手伝っていた望海と航が来るのもだんだん

一日おきになり、三日おきになっていった。毎日様子を見にきていたが、あえて手伝わないようにして、大木のかげから小春の様子をうかがっていた。

望海と航は、夏休み最後の日、小春に言った。

「もう、私たちの助けはいらないね。私たちそろそろ戻らなきゃ」

望海が言った。

「小春さんの賞状できっとたくさんの人が笑顔になれたと思うよ」

航がニコッと微笑んだ。

「望海さん、航さんには本当にお世話になりました。また、たまには遊びにきてくださいね」

と小春は寂しそうに言った。

「小春さん、私たちもう来られないの。最後に私たち、賞状を渡したい人がいるの」

二人は小春に自分たちの事情を説明し、賞状を頼んだ後、姿を見せることがなくなった。

小春は、なぜ引きこもりの自分が望海や航にだけ、あんなに普通に話せたのかやっと理解できた。

小春は祖母のすいた和紙に向かいながら、墨をゆっくりすり始めた。部屋の中に墨の香りが漂い始めると、さっきまでうるさいほどに鳴いていた蟬の声も小春の耳には徐々に聞こえなくなり、筆をとると、小春の心は、望海と航の心になって、和紙の上の文字となっていった。

二人に頼まれた賞状を書きあげると、小春にもどり、お寺の住職の所へ向かった。

住職は、小春を娘のように思って、見守っていた。
半年前、交通事故で亡くなった双子の子供たちの遺影に手を合わせた。
「どうか小春さんを見守ってやってくれ。お前たちと同じ年の子なんだよ」
その遺影の中で、航と望海が微笑んでいた。

表　彰　状

海江寺住職　結城浪平殿

あなたは寺をより身近なものにするためマルシェを開き
多くの人に希望と夢を与えました　私たち子供も
そんなあなたのことを誇らしく思っていました
どうぞこれからもずっと続けてください
私たちはいつもあなたのそばにいます
母を亡くし二十年間男手一つで育ててくれてありがとう
幸せな人生でした
よってここにあなたを賞します

平成二十九年八月三十一日

結城望海・結城　航

おんぶじっちゃん

一、じっちゃん参上

夏のうち明るかった空も、九月に入るとだんだん日が短くなり、塾から帰ってくる六時には、すっかり暗くなった。

もう六年生とはいえ、やはり暗い道を一人で帰るのは心細いものだ。特に耕平の住んでいる所は、まだまだ自然が残っていて、途中、池の手前の曲がり角を曲がると、しばらくはうっそうとした森が続く。昼間は見慣れた何でもない森も、夜はまったく別のもののようだ。今にも道の両側から木がおおいかぶさって、のみこまれてしまうような気がして、自然と足も早まる。

もうすぐその曲がり角。消えかかっている街灯が余計に怖さを増している。

古い街灯は、足元をぼんやり赤く照らし、ときどきまばたきをして、消えそうに暗くなったかと思うと、また、何もなかったようにぼんやり照らす。

耕平がちょうど曲がり角にさしかかった時、一つ目の光がひょいと向こうから出てきた。

自転車のライトだ。

「じっちゃん」

耕平はつぶやいた。自転車は、耕平とすれ違い、乗っていたおじさんがちらりと耕平を見たかと思うと、あっという間にいなくなってしまった。

「そんなはずないよな。じっちゃんは春に死んじゃったじゃないか」

耕平のじっちゃんは、脳出血という病気でたおれ、一年くらい入退院をくりかえし、半年前に死んでしまった。病院からじっちゃんの死の知らせを聞き、学校を早引きして家に帰ってきた時には、もう、じっちゃんは、お棺の中に入っていた。それから、あわただしく、お通夜にお葬式で、半年経った今でも、じっちゃんが死んだという実感がない。

最後のお別れをするため、白い菊の花を、じっちゃんの顔の周りにおいた時も、じっちゃんはスヤスヤ眠っているようで、揺り起こせば、「もう朝か、よく寝た、よく寝た」と言って、起き出しそうだった。

ただ、お母さんが、葉っぱに水をすくって、じっちゃんの口に持っていった時、口に流した水が、頬をつたって流れていった。それを見て耕平は、じっちゃんは本当に死んでしまったんだと思った。じっちゃんは、食べることが一番の楽しみといつも言っていた、大の食いしん坊だったから。

じっちゃんは、小さい時の耕平とよく遊んでくれた。けん玉やこま回し、竹馬がうまかった。自転車に乗れるようになったのも、泳げるようになったのも、みんなじっちゃんのおかげだ。

当時、小学一年だった耕平は、近所の同い年の子たちがどんどん自転車に乗れるようになる中で、まだ、補助輪をはずせずにいた。初めて補助輪をはずした日、何十回もころんで、耕平はやけをおこし、自転車を蹴飛ばして言った。

「いいよ、もう、自転車なんか乗れなくたって」

その時、じっちゃんは言った。

「耕平、今はとても高くて越えられそうにない壁も、明日には、ひょいと飛び越えられることもある。あきらめるな！　続けていれば、いつか必ずできるぞ」

じっちゃんの言うとおり、それから三日めに耕平は乗れるようになった。

そして、水がこわくて、どうしても泳げなかった耕平に、

「耕平、水は友達さ。水を信じて体をあずけるんだ。肩の力を抜いて、仲良くなればいい

のさ」

と言って、じっちゃんは、仰向けにプッカリ浮かんで、楽しそうに笑った。

じっちゃんの得意種目は背泳ぎ。それも、手と足を開いたり閉じたりして進む。まるでイカが泳いでいるみたい。だから、耕平が、生まれて初めて泳いだのは、クロールでも平泳ぎでもなく、じっちゃんオリジナルのイカ泳ぎ。

高学年になってからは、じっちゃんに反抗もしたし、うるさく思ったこともあったけど、じっちゃんが大好きだった。


でも、じっちゃんが死んだ時も、耕平は涙を流すことはなかった。大人はみんな泣いていた。そして、葬儀が終わると、すぐに泣き止んだ。

「ねえ、晩ご飯、どうしましょう」とかあさん。

「三日も休んじゃって、仕事たまっちゃった」とねえちゃん。

「明日《あした》は、出張だから、早く起こしてくれ」ととうさん。

みんな、当たり前のように日常生活に戻っていった。

じっちゃんが、元気だった頃、耕平の塾の帰りが遅い日は、いつも、じっちゃんが迎えに来た。といっても、じっちゃんは車の運転ができないので、ボロの自転車でだ。耕平の帰る時間を見計らって、池の曲がり角で出会えるように、やってくる。ゆっくりゆっくりジグザグに走りながら、一つ目のライトを点けて。

「また、来たんか。迎えなんか、来んでもいいって」

と迷惑そうに言いながら、本当は池の曲がり角から、じっちゃんのライトが見えるとほっとした。

〝もう、じっちゃんは二度と迎えに来てはくれないんだ。じっちゃんは、本当に死んでしまったんだなあ〟

初めて底無しのさみしさに襲われた。

〝もう、じっちゃんには、会えないんだ。もっと、いっぱい話せばよかった。考えてみたら、ぼくは、じっちゃんのこと何も知らない。小さい頃、どんな子供だったんだろう。好きな子はいたのかな？　若い時はどんな仕事をしていたんだろう？　そういえば肩をたたいてあげたことも、ありがとうって言ったこともなかった。病院へのお見舞いもあまり行かなかった。弱っていくじっちゃんに会うのがつらかったんだ〟

耕平は泣けてきた。半年もたってから泣くなんて変だと思ったが、どうしようもなかった。

「じっちゃん、何で死んじゃったんだよ」

森の木々が、生暖かい風にざわざわとゆれた。

「そんなに泣くなよ。じっちゃんはここにいるさ」

じっちゃんの声だ。耕平は、あまりにびっくりして涙も引っ込んでしまった。

背中がなんだかゾワゾワする。そっと、後ろを見てみると、じっちゃんが耕平におんぶされている。

「うわぁ！　じっちゃん、ぼくにとりつかないでよ」

耕平は、叫んで走り出した。

「おいおい、そんなこわがるなよ。とりつくなんて、人聞きの悪い。わしは、悪霊じゃない。守護霊じゃ。おまえを守るためにやってきた。いわば、ウルトラマンのようなもんじゃ」

「どうせなら、ウルトラマンより、ドラえもんの方がいいなあ」

耕平は、守護霊と聞いて安心して、急にずうずうしくなった。

「だけどまたなんで、半年もたってから、急にぼくの守護霊になって出てきたの？」

「半年間、守護霊になるための勉強をしていたんだよ。守護霊になるにも試験があるんだ。早い仏さんは、一週間でパスするが、じっちゃんは、覚えが悪くて、半年もかかっちまったんだよ」

「へえー、天国に行っても、試験があるんだ。でも、すごいよ。めんどくさがりだったじっちゃんが、試験にパスするなんて」

「それもこれもみんな、耕平の守護霊になりたい一心だったんだ」

じっちゃんは、耕平の背中でしんみりして、鼻水をすすった。

「だがな、耕平、守護霊の免許をもらっても、耕平がじっちゃんのこと思い出してくれないと、耕平のところには、来れなかったんだ。実際、わしの天国で知り合ったやつなんか、三年も前に守護霊の免許を取ったのに、誰も思い出してくれないと嘆いてた。今、地獄に旅行して、悪霊の免許とって化けて出てやるとやけっぱちになっとる。わしは幸せもんじゃ、免許をとったとたん、耕平がじっちゃんのこと思い出してくれるなんて、わしゃ、うれしいぞ」

じっちゃんは、耕平にほおずりした。

「やめてくれよ、じっちゃん」

　じっちゃんのほっぺたが、耕平の頬に当たっているのに、なんの感覚もないのが不思議だ。じっちゃんが生きていて、元気だった頃、ほおずりされると、ひげが硬くて痛かった。そういえば、今、じっちゃんを耕平がおんぶしているのに、重さをまったく感じない。

「だけどさ、この格好、どうにかならないの？　みんなに見られたらおかしいよ」

　確かに、小学生がお年寄りをおんぶしている姿は珍しい。

「大丈夫さ。じっちゃんの姿は、おまえにしか見えない。これから、家に帰ってためしてごらん」

　耕平は、ワクワクしてきた。


「ただいま」

「お帰り、ちょっと遅かったわね。今、迎えにいこうかしらって思ってたのよ」

「おかあさん、ぼく、なんか変じゃない？」

　おかあさんは、夕食のしたくの手をとめて、耕平を頭の先からつま先までゆっくりながめた。

「別に、変わったとこないけど、なんで？」

「じゃあ、いいんだ。あー、おなかすいた。きょうの晩ご飯何？」

耕平は、いろいろ聞かれないうちに、話題をかえた。

やはり、おかあさんには、じっちゃんが見えないらしい。

ところが、勝手口をあけて、雑種犬のゴン太を見にいくと、ゴン太は、ゆっくり立ち上がってシッポをふってワンワンほえた。奇跡だ。というのは、ゴン太は老犬で、実は耕平より、年をとっている。十五歳といえば、人間でいうと、九十歳ぐらいだろうか。最近では腰もなかなか上げられないほど弱っていて、耕平が見にいっても、うつ伏せに寝た状態でシッポをわずかに振るだけだったのだ。

「こいつ、じっちゃんが見えるんだ」

耕平はゴン太の頭をなでた。

「おお、おお、また会えたなあ、ゴンや」

クウーンクウーン
ゴン太は、じっちゃんを見て、甘えた声を出した。

じっちゃんが見えたのは、結局、ゴン太だけで、遅く帰ってきたおとうさんも、年の離れたＯＬのねえちゃんもまったく気づかなかった。

「久しぶりの我が家じゃのう。なつかしいわい」

「じっちゃんの部屋は、今ぼくが使ってるんだ」

「そうかい。じゃあ、今晩はいっしょに寝ようかのう」

「へえ！　じっちゃんといっしょに寝るの？　ベッドに二人は狭いよ」

「大丈夫じゃて、わしは耕平に見えておっても、実際にはこの世に実体はないんじゃから」

耕平には、まだ守護霊のことがよく理解できなかった。

二、事件の真相

翌日、登校する時も、もちろんじっちゃんをおぶっていた。

「じっちゃん、ぼく、思ったんだけど、アニメとかテレビで見る守護霊ってさ、こんなにぺたっとおんぶされてないで、スマートに浮いた感じじゃなかったっけ」

「それは、ベテランの守護霊で、わしみたいな初心者はこうやってしがみついてないと、油断しているスキに天国まで浮かんでってしまうんじゃ」

「大変なんだ。守護霊も」

「ほれ、あと十分、また遅刻だぞ」

じっちゃんは、通りかかったコンビニの時計をのぞきこんで言った。

「わかってるよ。これでも急いでるんだ。じっちゃんはこういう時、瞬間に移動できるとか、そういうことはできないの？」

「できん」

「役に立たない守護霊だなあ」


どうにかぎりぎり始業チャイムに間に合った。

耕平が教室に入って、あわてて自分の席につこうと机と机の間を走っていると、いきなり足が出てきて、つまずいてころんだ。

いつものことだ。犯人はわかっている。建也だ。人をいじめることしか生きがいがないやつだ。

雨の日、傘をさそうと思ったら、骨がボキボキに折れていた。

鉛筆を貸してくれと言ったので、貸すと、目の前で足でふんづけてゴリゴリまわして遊んだ。

消しゴムを貸すと、鉛筆の芯でさした真っ黒い穴だらけにして返ってきた。

耕平と建也は、幼なじみで昔は仲が良かった。幼稚園の頃は、コウチャン、ケンチャンと呼び合って、いつもいっしょだった。

「本当は、あんなやつじゃないんだ」

耕平は、心の中では、すごく怒っていた。でも、いつかくだらないことだと、建也が気づくのを待っていた。

建也は、ある事件を起こして以来、誰ともつきあわなかった。みんなも、こわがって、建也には、近づかなくなった。

建也が荒れ始めると、みんな台風が過ぎるのを待つように、じっと耐えていた。

「耕平、大丈夫か?」

「平気、平気。いつものことさ。それより、じっちゃん、大丈夫？」

「わしは、霊だから、痛くもかゆくもないさ。でも、相変わらず、悪さばかりしとるなあ。昔は、おまえと仲良く遊んどったのに」

「あいつは変わっちゃったよ」


きょうは、一時間目から体育だ。十日後にせまった運動会の練習で、先生たちは、はりきっていた。生徒たちはイマイチやる気がおきない。毎年いっしょのフォークダンスに徒競走、大玉おくりに騎馬戦。ＰＴＡの玉入れに老人会の盆踊り。九月とはいえ、まだ、昼間は暑い。

きょうは騎馬戦の練習だ。耕平は、体も小さくて細いので、上に乗って相手の帽子をとる役だ。耕平にしか見えないけど、騎馬に乗っている耕平に、またじっちゃんがおぶさっている姿はおかしい。

「おい、耕平、敵陣にも変わった騎馬があるぞ。騎馬に乗ったやつが、ばあさんをおぶっとる。あいつは建也だ」

「じっちゃん、ぼくには見えないよ。ほんと？」

「ああ。いやいや、どうも」

じっちゃんは、背中で頭を下げている。

「どうしたんだよ」

「あちらのおばあさんに挨拶したんだ。どっかでお会いしたなあと思ったら、守護霊学校じゃった」

「じゃあ、建也にも守護霊がついたってこと？」

「ああ、そうじゃ。ちょっと挨拶してくるから」

「じっちゃん、ぼくから離れて大丈夫なの？」

「しばらくの間なら気合いを入れれば大丈夫じゃ」

じっちゃんは、そう言うと建也の方に歩いていって、しばらく何か話して、ブランコの方へ行った。耕平には何も見えなかったけど、となりのブランコにすわっているだろう、おばあさんのあたりに会釈した。

建也も、ブランコを気まずそうに見ている。

その日、家に帰ってから、耕平は、じっちゃんに聞きたくてたまらなかったことを聞いてみた。

「じっちゃん、きょう、何話したの？　建也の守護霊ってさ、だれなの？」

「それがな、信じられんような話なんじゃが…」


じっちゃんの話は、こうだった。

一年前、そのおばあさんは、まだ生きていた。前の日、おばあさんは、家政婦に行っているところの坊ちゃん、祐太郎くんから、ゲームソフトを買いにいってくれるよう、頼まれた。最近のおもちゃは、発売日の開店前から並ばないと買えないそうで、働いている両親に代わって、おばあさんが並ぶことになった。

おばあさんは、その家に来て働くようになって、もう、十五年にもなる。祐太郎坊ちゃんが、生まれた時から、千代ばあと呼ばれ、働いている両親に代わって面倒をみてきた。

〝それにしても、なんで子供のおもちゃを平日売るんだろうねえ。そういえば、並んでいるのは、ほとんどお年寄りばかり。スーパーの目玉商品の安売りのところでもそうだわねえ〟

おばあさんは、番号札をもらって、店内に入った。番号札と引き換えにもらったのは、ちっぽけなゲームソフト。

〝こんなものが、いいのかねえ。これもまた、すぐにあきてしまって、また、次のがほしくなるんだろうに。むかしは、めんこにケン玉、おてだま、おはじき、それだけあれば、いつまでだって遊べた〟

おばあさんは、子どもの頃を思い出した。

〝そうそう、おもちゃなんてなくったって、友達がいれば楽しかった。おしくらまんじゅう、花いちもんめ、かかしに、あやとり〟

花いちもんめでは、いつも千代はもてていた。

〝千代ちゃんがほしい〟といつも一番に言われた。千代の初恋の人、さとるくんのチームに入って、手をつなぐ時は、ドキドキした。

♪勝ーってうれしい花いちもんめ
負けーてくやしい花いちもんめ

千代ばあはすっかり子供にもどって、花いちもんめを歌いながら、かろやかに歩き始めた。腰が痛いことも忘れて…。

そんなことを考えていた時だった。突然、クラクションが鳴って、おばあさんは車の前にいることに気づいた。〝ああ、もう、ダメだ〟と思った瞬間、誰かが、背中を強く押した。

おばあさんは、前に倒れ、車は、倒れたおばあさんのすぐ近くを走りぬけていった。おばあさんは、倒れた時、頭を打ったショックで記憶を失って、それから半年後に死んでしまった。

いいかげんな目撃者は、少年がおばあさんを走っている車の前に押し倒した、と警察に証言した。少年は、〝おばあさんが、車にひかれそうになったから、助けようとして車から遠ざけるよう押した〟と言ったが、車の運転手は名乗り出ず、信じてもらえなかった。少年の両親が、少年といっしょに、身寄りのないおばあさんが家政婦として働いていた家に謝りにいき、示談ということになった。少年は、くやしかった。両親に謝ってほしくなかった。

〝何も悪いことしてないのに、ぼくが押さなきゃ、おばあさんは、車にひかれて即死していたのに。人が目の前で危ない目にあっている時も、知らん顔をしている方がいいのか〟

肝心のおばあさんは、頭を打って、記憶を失い、証言もとれなかった。

学校の先生も友達も、それから急に態度が変わった。少年自身、人が信じられなくなった。どうせ悪になるなら、とことん悪になってやる。

その少年が、建也だった。

おばあさんは、半年後、記憶をもどすことなく、亡くなってしまった。天国に来て、やっと記憶をもどし、自分がとんでもない迷惑を少年にかけていたことを知り、少年の守護霊になる決心をした。そして、あの時の車の運転手を探し、少年の潔白を証言してもらおうと思っているらしい。

〝私はね、建也くんのまっすぐな心をねじまげてしまったんですよ〟

じっちゃんは、おばあさんの悲しげな様子を見て、力になろうと決めた。

三、仲直り

耕平は、じっちゃんの話を聞いて、驚いた。

「ぼくは、幼稚園の頃からずっと、建也を知っている幼なじみなのに、建也を信じてやれなかった」

「じっちゃんだって、こんなに年とってるのに、建也の本当の心に気づいてやれなかった」

「建也は、悪ぶっているけど、本当は、そうやってあばれて、助けをもとめていたんだね」

耕平に特にいじわるをしたのは、〝おまえなら、わかってくれるよな〟ってサインだったのだ。

その晩は、雷をともなった雨がいつまでも強く降っていた。雨が雨戸をバシバシたたき、稲光が雨戸のすきまから見えたかと思うと、空が割れてしまいそうに雷が鳴りひびいた。

耕平は、雷が苦手だ。雷がだんだん近づいてくると、心臓がどきどきして、今にも雷が自分の頭の上に落ちてきそうな気がして、生きた心地がしない。

おねえちゃんやおかあさんは、雷に青ざめる耕平を見て、

「男のくせにこわがりねえ」

と言っていつも笑う。

〝こわがりじゃなくて、デリケートなんだ。繊細な男の心は、女にはわからないよな〟

と耕平は思っている。

そんな時、いつもじっちゃんは、

「耕平、大丈夫さ。ぴかっと光ってから音がするまで、数をかぞえてごらん。ほら、今光っただろ。一、二、三……。そら、鳴った。まだ、こうやって数がかぞえられるうちは、遠くにいるから大丈夫。雷さんが、真上にいる時は、光と音が同じなんだ。そうだ、こうすれば雷の音も小さくなるぞ」

そう言うと、綿を持ってきて丸め、耳栓をつくり、耕平の耳と自分の耳に入れた。

そして、二人で雷が鳴り止むまで、一、二、三……とくり返し数をかぞえた。

雷が鳴る日は、こわいけど、停電になって、懐中電灯やろうそくをかこんでみんなが一つの部屋に集まるのは、ちょっと楽しいひとときでもある。

今晩も雷と建也のことで、耕平はなかなか眠れなかった。

〝建也は、この半年間、ずっと一人で苦しんでいたんだ〟

事件のあった翌日から一週間、建也は学校へ出てこなかった。先生は、建也のことについて何も言わなかったが、建也がおばあさんを走っている車の前に押し倒したといううわさは、たちまち町じゅうに広まった。

一週間後、建也が学校に出てきた。

建也は、何度警察に本当のことを言ってもきいてもらえず、人を信じられなくなって、誰ともしゃべらなくなった。でも、本当に変わったのは、建也じゃなく、周りの人間たちだった。建也を危険なもののように遠巻きにして、目を合わさなかった。

浅い眠りの中で、耕平は幼稚園の頃の夢を見ていた。

幼稚園の頃、耕平はとても引っ込み思案でおとなしい子だった。遊びに入れてほしくても、「入れて」と言えなくて、部屋のすみっこでいつもじっと立って、みんなが遊んでいるのを見ていた。

そんな時、建也が耕平に声をかけてくれた。

「耕ちゃん、一緒に遊びたいんだろ？」

建也に言われて、耕平はこっくりうなずいた。

「じゃあ、言わなきゃわからないよ」

そう言って、建也は耕平の手をぐいっと引っ張って、遊びの輪の中に入れてくれた。

「そうだよ、言わなきゃわからないんだよ。今度は、ぼくが建也にそう言ってやる番なんだ」

耕平は、夢からさめて、そうつぶやいた。

翌日は、きのうの大雨がうそのように、晴れわたっていた。道端の草も木も足もとの小石も何もかもが新しく生まれ変わったように輝いていた。

耕平は、建也に短い手紙を書いて、下駄箱に入れた。

果たし状
建也、今までよくもいじめてくれたな。落とし前をつける。どんぐり公園で待つ。必ず来い。
耕平

耕平は、学校から帰ってくると、ランドセルを家に置き、台所から、あるものを持ち出し、すぐ、どんぐり公園に行った。

どんぐり公園は、その名のとおり、かしの木が公園を取り囲むようにあり、この季節はどんぐりがいっぱい落ちていた。子供たちがいくら拾っても、翌日にはまたいっぱい落ちた。小さい頃、耕平は建也とここでよく遊んだ。

耕平はどんぐりを拾って、こまを作り始めた。家から持ってきたつまようじをどんぐりの中心にさす。少しでも中心からはずれると、こまは変な回り方をして、すぐに止まってしまう。細いどんぐりは、きれいに長く回るが、相手のこまにはじかれるとひとたまりもない。太いどんぐりは持久力はないが、相手のこまをふっとばす力を持っている。耕平はだんだん夢中になり、こまの数は増えていった。

「何やってるんだよ。がきじゃあるまいし。おもしれーかよ」

建也が、夕日を背に立っていた。

耕平は、果たし状なんて書いたのを、少し後悔した。

小さい頃は、建也より耕平の方が、大きかった。けんかをすると、耕平は、決まって最後、建也のことを、〝チビデブ！〟と言って逃げ出した。

でも、今、夕日を背に立っている建也は、背も耕平よりうんと高く、おまけに体格もいい。幼稚園の頃みたいに、〝チビデブ！〟と言って逃げ出そうかとか、考えてしまった。

〝だめだ！　ここで逃げてしまっては。建也は一年間もずっと一人で苦しんできたんだ。建也に一発や二発殴られたっていい。幼稚園の時のケンチャンは、とてもやさしかった。

〝ぼくを遊びの仲間に入れてくれた〟

耕平は、たくさんあるこまの中から、さっき、ためしてみて、一番よく回るこまを、建也に差し出した。

「ケンチャンもやろうよ」

耕平は自分で言って、びっくりしていた。どんぐりごまを作っていて、すっかり気分は幼稚園の頃に戻っていた。言われた建也もびっくりしていた。

「なんだよ、どんぐりごまなんか作って、喜んでるんじゃねえよ」

建也はそう言うと、耕平から手渡されたどんぐりごまを地面にたたきつけて踏みつけた。

どんぐりごまは、ぐしゃぐしゃにつぶれた。おとなしい耕平もこれには、腹が立った。

〝こんなに建也のこと心配しているのに、どうしてわかってくれないんだ〟

体中、熱くなった。

「何するんだよ、いつまでもひねくれるな！」

耕平が、建也をつきたおした。

「おまえに何がわかるんだ。おれのことなんか、何も知らねえじゃないか」

起き上がった建也が耕平をつきたおした。

「わからないよ。言わなきゃ、わからないよ。声に出して言えよ」

耕平が建也に組み付いて、二人は一歩もゆずらなかった。

「おまえはおれを無視したじゃねえか。近づくと避けたじゃねえか」

「甘えるなよ。一人で不幸背負ってカッコつけてんじゃねえよ！　自分の誤解は自分でとけよ。ぼくも手伝う」

建也の力がふっと抜けた。耕平はそのすきをついて、建也を投げ飛ばした。耕平は人とこんなに激しく取っ組み合いのけんかをしたことは、今までなかった。ましてや人を投げ飛ばしたことなんか。建也は、仰向けの大の字に寝たまま動かなかった。耕平もその横にくずれるように大の字になった。

仰向けで見た空は、雲が赤く染まって夕日の当たる側が金色にまぶしく輝いていた。顔や体から噴き出した汗が、心地良い風にすーっと乾いていく。

「ケンチャン、今までごめん。ケンチャンのことは、ぼくの守護霊のじっちゃんから、みんな聞いた。じっちゃんは、ケンチャンの守護霊のおばあさんから聞いたんだ」

建也は、赤く染まり始めた空を見ながら、重い口を開いた。

「三日前、おばあさんが来て、本当にびっくりした」

建也は、三日前のことを耕平に話し始めた。

建也は、三日前の夜、ゲームセンターにいた。UFOキャッチャーでゲームキャラクターのぬいぐるみを釣り上げようとしていた時だった。

「だめだめ、もっと右！　そうそう、ストップ！」

後ろから聞こえる声に、思わずその通りにしたら、何回やってもだめだったのが、あっさり取れた。

何だか、背中がぞわぞわする。

「すごいよ。サンキュー」

建也が振り返ると、建也の背中におばあさんが、おんぶされていた。

「わあー！」

建也は、思いっきり体をゆすりながら、ゲームセンターの外へ走り出た。おばあさんは、いくらゆさぶろうが、走ろうが、離れてくれない。疲れ果てて、立ち止まると、背中のおばあさんが、声をかけた。

「ごめんなさいね。驚かせちゃったみたいねえ」

「おばあさん、いったい何者だよ」

「覚えてないかしら。一年前、あなたが助けてくれたのよね。あの時は、ありがとう」

「あの時のおばあさん？　死んだって聞いたけど。じゃあ、幽霊？」

「幽霊じゃありませんよ。守護霊です。あなたに随分ご迷惑かけちゃったみたいで、疑いが晴らせればと思って来たんですよ。運転していた犯人にお仕置きしなきゃね。いわば、セーラームーンみたいなものかしら」

建也は、おばあさんに出会った時のことを耕平に話し終えると、深いため息をついた。

「でも、幽霊のおばあさんに何ができるんだよ。もう、遅いよ。おれは悪のレッテルを貼られてるんだ」

「ケンチャン、このままでいいんか？　おばあさんは、あの時の運転手をみつけて、ケンチャンの疑いが晴れるまで、絶対天国へ帰らないって言ってるぞ」

「おい、じゃあ、それができなきゃ、一生おばあさんをおんぶかよ」

二人は、おかしくなって笑い転げた。

離れたベンチにすわって二人を心配そうに見守っていた、じっちゃんとおばあさんもほっとして笑った。

四、犯人を捜せ

日曜日、建也の家に集まって、どうしたら、建也の疑いを晴らすことができるか、四人で話し合った。

四人といっても、耕平には、建也とじっちゃんしか見えないし、建也には、耕平とおばあさんしか見えない。

「まず、ぼくが、おばあさんを車から守るために、前へ押したんだということを、警察で証言してもらう人を探さなきゃいけないよな」

「事故があった時、目撃者は、建也が押したと証言した、いいかげんな男一人だけだったのかな」

「あの日は、朝十時ごろで、通勤、通学の人たちもそれぞれのところに落ち着いて、車も人通りもほとんどなかったんだ」

「私が証言できればいいのにね。何といっても被害者本人なんだから」

おばあさんが、申しわけなさそうに言った。

「そりゃ、そうじゃが、守護霊の声や姿は、守護している人間か、強く思い出してくれた人間にしかわからんからな」

じいちゃんも情けなそうに言った。

「じゃあ、おばあさんをひきそうになった車だよ。ケンチャン、どんな車だったんだ？」

「突然だったから、あんまり詳しく覚えてないんだ。白の軽トラックで、トラックの横に会社の名前が書いてあった」

「すごいじゃないか。会社がわかれば、楽勝だよ。会社名は？」

「そこまでは読めなかったよ」

三人は、がっくり肩を落とした。かなりスピードが出ていたらしい。読めないのもしょうがない。

「車に乗ってた人は、覚えてるかい？」

「運転してたのは、若い男、助手席にも若い女の子が乗ってた。女の子は後ろを振り返っていつまでも、こっち見てたから、顔も覚えてる。会えばわかる」

「手がかりは、女の子だ。その女の子を探そう。車の会社名も何か思い出せないか？」

「数字、二かな三かな、何か数字が入ってた」

その時、おばあさんの顔色が変わったことをじっちゃんは見逃さなかった。


小学生が、〝若い女の子〟と表現するのは、中高生ぐらいまでのことで、間違っても耕平の姉のようなＯＬは入らない。じっちゃんにとっては、充分若いと思うが…。中高生、特にボーイフレンドがいるような子は、バイトをしている。バイト先は、コンビニ、ファミレス、ファストフード店。バイトをしていないにしても、そういうところによく出入りする。この町だけでもけっこうある。それを一軒一軒あたろうということになった。これには、少々お金がかかる。耕平と建也のこづかいだけでは限界がある。

「そんなこともあろうかと、この世にじっちゃんは埋蔵金を残しておいたんだ。じっちゃんがいつも大切にしていた金木犀の木の根元を掘ってみなさい。金木犀っていうのは、いいにおいのする、オレンジ色の細かい花をいっぱいつけたやつだ。少し掘ると、埋蔵金が出てくる。その中に少々貯えが入っとる」

「すごい、うちに埋蔵金があったなんて。じっちゃん、さすがだよ」

耕平は、家族にみつからないよう、夜中に庭に出て、掘り始めた。ゴン太が鼻を鳴らして見ていたが、吠えたりはしなかった。

十分くらい掘ると、スコップが何かにカツンと当たった。いよいよじっちゃんの埋蔵金が現れる。

〝莫大なお金だったらどうしよう。やっぱりおとうさんやおかあさんに言った方がいいかな。ひょっとして、昔の古いお金だったら、どうしよう。『和同開珎』なんか出てきても使えないよなあ〟

「ばかもん！　和同開珎という貨幣は、千三百年以上も前のお金じゃ。わしゃ、千年以上も生きとらんぞ！」

耕平の思ったことは、みんなじっちゃんにわかってしまうらしい。

耕平の心配は、無用だった。出てきたのは、ぶたの貯金箱。確か、じっちゃんの誕生日に、耕平がプレゼントしたものだ。その時、そう言えば、じっちゃんは言っていた。

「耕平、耕平が二十歳になったら、金木犀の根元を掘ってみろ。忘れるな」

ぶたの貯金箱の中には、五百円玉が三十八枚入っていた。小学生にとってはなかなかの大金だ。これがなくなる前に、女の子を探さなくては。

翌日から、放課後に毎日、耕平と建也は、車の助手席にすわっていた女の子を探した。

建也は、耕平にもわかるよう、女の子の似顔絵を描いた。二人は、一軒一軒店を回り、今日バイトに出ていない人やお客の中にも、いないか、似顔絵を見せて聞いた。

初めは、探偵にでもなった気分で、楽しかったが、三日過ぎても、何も手がかりがなく、行きづまってしまった。

探し始めて一週間、もう、半分あきらめかけた、二十七軒目のコンビニでのことだった。

店員の女の子たちに似顔絵を見せると、

「これって、早紀ちゃんじゃない」

「うん、似てるよね。このおどおどした目の感じ」

「一年前から、人変わっちゃったよね」

「そうそう、前はもっと堂々として、誰にだって、何でもはっきり言う子だったよね」

「それが、最近ふさぎこんで、私たちともろくに目も合わさない」

「ねえ、その子、今もここでバイトしてるの？」

「うん、もうすぐ私と交代だから、来るんじゃないかな。あんたたちも、早紀ちゃんのストーカーじゃないでしょうね」

「違うよ。俺たち、まだ小学生だよ。ちょっと聞きたいことがあるだけ。早紀っていう子につきまとっているストーカーがいるの？」

「うん、初めはね、つきあってたらしいんだけど、早紀ちゃんの方がいやになって、別れようとしたんだけどね、しつこいらしいの」

そんなことを話しているうち、コンビニの自動ドアが開き、ショートカットの女の子が入ってきた。

「早紀ちゃん、この子たち、聞きたいことがあるんだってさ」

女の子は、初め、うっとうしそうに二人を見ていたが、建也の顔を見て、体を硬くした。

耕平が建也の方を見ると、建也は、間違いないというように、深くうなずいた。

耕平と建也が女の子から、目を離した瞬間、女の子は逃げ出した。

「待って、話を聞かせてほしいだけなんだ」

「一年前、おばあさんをひきそうになった車の助手席に乗っていたのは、きみだよね」

「苦しんでるんだ。あの時のおばあさんもここにいる」

建也が、そう言うと、女の子の足が止まった。

「おばあさんは記憶を失って、半年後に死んだんじゃないの?」

「そうさ、そして、今、守護霊になって、ぼくの背中にいる。信じてもらえないかもしれないけど、おばあさんは、ぼくの疑いを晴らすため、天国からやってきたんだ」

女の子は、建也の肩越しに、見えないおばあさんの姿を追った。

「きみ、見えるの?」

「ううん、でも、痛いほど視線を感じるの。みんな話すわ。私だって、ずっと苦しんでた。おばあさん、ごめんなさい」

耕平たちは、近くの公園に行き、女の子の話を静かに聞いた。

「私は、吉川早紀。高校一年。彼とは、中学二年の時から、つきあってた。彼は、いいとこの坊ちゃんって感じで、お金もたくさん持ってた。おとうさんは社長で、おかあさんは先生だって言ってた。二人とも忙しいから、家には家政婦のおばあさんしかいないって。そのおばあさんが、夕食つくってくれるらしいけど、いつも煮物やつけものでいいかげんいやになったって。それでたまには洋食が食べたいって言ったら、おかあさん、好きなもの食べなさいって、お金をくれたんだって。ほんとうはおかあさんが小さい時、作ってくれたオムライスが食べたかったって。お金で何でも解決するんだって思ったって」

建也の背中のおばあさんが泣き出した。

「祐太郎坊ちゃん、やっぱり坊ちゃんだったんだね」

「おばあさん、祐太郎って、誰だよ」

建也が、おばあさんを振り返って聞いた。

建也の言葉に、早紀が答えた。

「そう、彼は三波祐太郎っていうの」

「思い出した！　そうだ。車の横に三波って書いてあったんだ。そういえば三波って、おれが、おばあさんが家政婦に行っていた家に謝りに行った時、表札に三波って書いてあったな。まさか…」

「建也君、ごめんなさいね。あなたがこの間、トラックに数字が書いてあったって言うのを聞いて、もしやと思ってたのよ。でも、言い出せなかった。祐太郎坊ちゃんじゃない。一パーセントでも違ってることを祈ってたの」

「自分の家の家政婦をひきそこなったってことか。それも無免許で中三」

じっちゃんは、信じられないというように首をふった。

五、しあわせって何だろう

祐太郎は、最近考えていた。

〝しあわせって何だろう？　お金がたくさんあって、何でも買えて、名門の高校へかよい、父親は社長、母親は教師。そういうことがしあわせなんだろうか？　心が寒いのはなぜだろう？　千代ばあは、おれが運転してたってことわかってたかな。一回も見舞いに行かんかった。こわかった。ぼくの顔を見たとたん、何もかも思い出しそうで〟

幼稚園の時の送り迎えも、小学校の時の授業参観もみんな千代ばあが来てくれた。でも、小学校高学年の時、友達から、

「あの、ばあさん誰の親だろう？　年とってるよなあ」

と言われた時、「知らないよ」と言ってしまった。そして、それからは、引っ込みがつかなくなり、道ですれ違っても知らん顔した。そして、ついに言ってしまった。

「もう、学校へ来るな。はずかしいよ。それから、道で会っても声をかけるな」

それから、千代ばあに声をかけるのは、こづかいをねだる時くらいになった。

千代ばあは、あの時、ぼくのゲームソフトを買いに行ってくれてたんだ。ぼくが、学校をさぼって、彼女と会っている間に。

〝ぼくは、いつも自分のことしか考えてなかった。千代ばあ、ぼくは腐りきってるよな。これ以上生きていたって何の価値もないやつさ〟

「そんなことないですよ。祐太郎坊ちゃんのいいところは、千代が一番知ってますよ」

祐太郎は、千代ばあの声を聞いてびっくりした。

背中がぞわぞわする。後ろを振り返ると、千代ばあだった。

「とうとう、ぼくのところに化けてでたんだね」

「違いますよ。坊ちゃん、今からだって、いくらだってやりなおせるんです。隠し事をしたり、うそをついたりすると、気持ち悪くて、苦しくてしょうがないんじゃないですか。坊ちゃんは、本当はとても素直でまっすぐな気持ちを持っているからです」

千代ばあは、祐太郎を包み込むようにやさしくささやいた。

「早紀ちゃんも連れてきてるの。二人でこれからどうすればいいか、話し合ってごらんなさい」

千代ばあが教えてくれた近くの公園へ行ってみると、早紀がベンチに腰掛けていた。久しぶりに見る早紀は、少しやせて、以前のような堂々とした強さが感じられなかった。

〝早紀が、こんなふうになってしまったのも、みんなぼくのせいなんだ〟

祐太郎は、少し離れてベンチに腰掛けた。

「ユウ、私苦しいの。本当のこと言いたくてたまらない。私の心は一年前のあの時から、時が止まってる」

早紀は、祐太郎の方も見ず、足元の一点を見つめていった。

〝あんなに明るくて、何でもはっきり言う性格だった早紀を、こんなに苦しめていたのか〟

祐太郎は、早紀の変わりようにがく然とした。

「早紀、ごめん。ぼくに勇気がなかった。ぼくは、周りのみんながぼくをどう思っているか、そればかり気にしていた。だから、親にもさからえなかった。親の言うとおりにすれば、すべて、うまくいくと思ってた。でも、やっと気づいたんだ。他人や親がぼくをどう思うかより、ぼくがぼくをどう思うかの方が、うんと大切だってこと。今のぼくは大嫌いだ。それがすごく悲しい。自分のこと、信じられないやつなんか、早紀がいやになるの、当然だよな」

祐太郎の言葉に、早紀は、初めて顔を上げ、祐太郎を見た。その、大きな瞳から、ずっと半年間、我慢していた涙があふれた。

「行こうよ、警察へ。どんな罰を受けるかわからない。でも、このままじゃ、一歩も前に進めないわ」

「早紀、きみはただ乗っていただけなんだ。何も悪くない。それでも、ぼくといっしょに警察に行ってくれるのか？」

「当たり前じゃない」

「その前に、会っておきたい人がいるんだ。いっしょに行ってくれ」

二人は、ベンチからゆっくりと立ち上がった。

祐太郎は、早紀といっしょに建也の家に行った。

建也は、家にいたが、背中の千代ばあは、ちょっとでかけると言って、まだ、戻らなかった。

「建也君、ぼくがあの時、車を運転してたんだ。名乗りでなかったばかりか、君を悪者にしてしまって、ほんとうにすみませんでした」

二人は深々と頭を下げた。

「私たち、これから警察に行って、すべて話すわ」

早紀は、以前会った時とは別人のように堂々と話した。

「さっき、千代ばあに会ったよ。千代ばあ、ぼくの両親のところへ行ったんだ。両親の人生もぼくがめちゃくちゃにしちゃったよ」

祐太郎は、寂しく笑った。

早紀から、話を聞いた時は、あんなに腹がたったのに、いま、祐太郎を目の前にして、建也は、なぐる気にもなれなかった。自分より、祐太郎の方が、もっと不幸に思えた。

「ぼくは、もういいんだ。気持ちも吹っ切れた。だから、警察へ行って、正直に話すことで、祐太郎君や早紀さん、ご両親までもが今の幸せなくしてしまうんなら、もう、行かなくてもいいよ」

「ありがとう。確かに名誉や地位や優越感はなくなるかも、しれない。だけど、警察に行って正直に話すことで、自分が自分のことを認められるような気がするんだ。それが、幸せだって気づいたんだ」

千代ばあは、十五年間勤めたなつかしい家に来ていた。祐太郎の両親が、千代ばあを思い出してくれたので、彼らの前に姿を現すことが、できたのだ。

「千代ばあ、あの時は、祐太郎がとんでもないことをしてしまった。勘弁してくれ。成仏してくれ。南無阿弥陀……」

父親の仙太郎は、腰を抜かして、お経を唱え始めた。仙太郎の奥さんも頭を床にすりつけて泣くばかりだった。

「わたしは、あなたがたを恨みに思って出てきたんじゃありませんよ。ただ、あなたがたが、祐太郎坊ちゃんを守ろうとついたうそで、私を助けてくれた少年や周りの人々、そして、何より祐太郎坊ちゃんがずっと苦しんできたんです。そのことを伝えたくて」

「私のしたことは、祐太郎自身を一番苦しめ、追いこんでいたのか」

仙太郎は、長い悪夢からさめた気がした。

六、別れの時

翌日、耕平の家では、大変なことが起こっていた。

愛犬のゴン太の容態が悪くなったのだ。獣医さんからも、ひと月ほど前から、もう長くは生きられないと言われて、みんな覚悟はしているつもりだった。

でも、いざ、目の前で苦しそうに体全体で息をしているゴン太を見ていると、いてもたってもいられなかった。建也もゴン太とは、小さい頃仲良しだったので、ゴン太が危ないと聞いて、耕平の家に来ていた。

もう、耕平や建也には、体をさすってやること、声をかけてやることしかできなかった。

「ゴン太、がんばれ！　こんなことで負けるなよ。ぼくとまた散歩しようよ。公園でサッカーしただろ」

「ゴン太、ぼくのこと覚えてるか？　ぼくが遊びに来ると、いつも吠え立ててたな。半年ぐらいたってから、やっと、手をぺろってなめて、ぼくのこと認めてくれた。うれしかったよ。あのとき」

ゴン太は、建也の顔を見上げ、耕平の方をちらりと見て、また建也の顔をまっすぐに見つめた。

「ケンチャン、耕平とずっと友達でいてやってよ。耕平は、強がっているけど、ほんとうはとても寂しがりなんだ。ぼくが死んだら、きっと悲しむと思うんだ。ケンチャン、耕平のこと、たのんだよ」

建也には、ゴン太の声が聞こえた。

「ゴン太、安心しろ。耕平は、たくましくなったよ。ふてくされてたおれを、助けてくれたんだ。耕平とはずっと一生親友だよ」

建也がそう言って、手を差し出すと、ゴン太は、苦しい息の中、建也の手をぺろぺろなめた。

ゴン太の息づかいは、ますます荒くなり、全身が震え出した。

耕平は、ゴン太がかわいそうで見ていられなくなって、立ち上がった。そのとき、じっちゃんが背中から言った。

「耕平、逃げるな。ゴン太を最期まで、見守ってやるんだ」

ゴン太が耕平の家にやってきたのは、耕平がまだ生まれる前だった。じっちゃんの話によると、ゴン太は、捨て犬だったらしい。まだ、目もろくに見えないくらいで、生まれてすぐ捨てられたのだろう。じっちゃんが真冬の寒い朝、散歩をしていると、公園のベンチの下でぶるぶる震えていて、とても知らん顔で通り過ぎることなどできなかったそうだ。じっちゃんは、子犬を抱き上げ、オーバーの胸の中に入れて帰った。

子犬は、そんなじっちゃんに恩も感じず、初めのうちは、家族の誰にもなつかなかった。人を見ると吠えたてる。手を近づけるとかみつく。だから、わがままばかりでやんちゃなやつという意味でゴン太と名付けられた。

そんなゴン太が変わったのは、耕平が生まれてからだった。みんなが耕平の方ばかり、見るのがさみしかったようだ。犬だって、やきもちをやくものらしい。

耕平がやることは何でもやりたがった。耕平がサッカーをやると、いっしょにボールを追いかけた。なわとびをすると、入ってきて、いっしょにとんだ。

ゴン太にとって、耕平はライバル、そして一番の友達だった。

だから、耕平が幼稚園に行くようになって、建也を家に連れてきた時は、ショックだった。建也に親友をとられたみたいだった。だから、遊びに来るたびに、ずっと吠えてやった。

「ゴン太、ケンチャンは、ぼくのだいじな友達だよ。吠えちゃダメ！」

耕平に何度怒られても、ゴン太は、吠え続けた。建也をみとめたのは、ゴン太にも、同じ犬の友達ができた時だった。

犬には、犬どうし、人間には人間どうしのつきあいも大切なんだと気づいたからだ。もちろん、犬と人間のつきあいも。

そして、年月が経つと、人間より早く年をとるゴン太にとって、耕平は弟のような、息子のような存在に変わっていった。弱虫でこわがりの耕平をぼくが守ってやるんだと思うようになった。


「ゴンや、もういいぞ。おまえはよくがんばった。そろそろ、お迎えも来る。じっちゃんもいっしょだ」

ゴン太は、じっちゃんのことばを聞くと安らかな顔になり、耕平の涙でくしゃくしゃの顔をじっと見つめて、静かに目を閉じた。

〃もう耕平はぼくがいなくても大丈夫だね〃

耕平には、そんなゴン太の声が聞こえた。

「ゴン太！　ありがとう。今まで本当に楽しかったよ」

しばらくは、みんな何も話さなかった。鼻水をすする音だけがかすかに響いた。

「耕平、じっちゃんももう行かにゃならん。誰でもいつか必ず死ぬ時がやって来る。それまでの間、せいいっぱい、悔いのないよう生きるんだぞ」

「じっちゃん、また、会えるよね」

「耕平は強くなった。もう、じっちゃんの守護霊はいらんじゃろう。だが、耕平のことは、いつでもずっと見守っとるぞ。ほら、いつまでも泣くんじゃない。わしもゴン太も天国に行けんじゃないか。スマイルで送ってくれ」

じっちゃんは、そういうとニーッと笑ってみせた。

「建也君、おばあさんももう帰ることにしたわ。いろいろ迷惑かけてごめんなさいね。いつまでもまっすぐな心大切にしてね」

「おばあさん、ありがとう。祐太郎君、早紀ちゃんといっしょに謝りに来てくれた。これから、警察に行って、すべて話すって。ぼく、おばあさんが来てくれなかったら、ずっと、ふてくされたままだった。どっか、心の奥で誰かが助けてくれるの待ってた。でも、自分のことは、自分で声に出して、行動をおこさなきゃだめだったんだ。これからはもっと強くなるよ。ありがとう」

夕日が、町に沈みかけていた。赤とんぼが飛び交う中、耕平と建也には、じっちゃんと千代ばあ、それに元気にその周りを走るゴン太が空へ昇っていく姿が見えたような気がした。

笑顔の明日

一

名古屋の市営地下鉄は東山線、名城線、桜通線、鶴舞線と路線が複雑に入り乱れ、乗り換えが大変です。初めて利用する人は迷って、なかなか目的地までたどり着けません。乗り換え距離も長く、階段を上ったり、下ったりして五分以上かかるところもあります。

地下鉄鶴舞線伏見駅のホームから東山線へ向かう階段は特別長く、まっすぐ上る階段を見上げると、頭がくらっとします。

きょうはエスカレーターが点検中で使えません。

何も通勤時間にしなくたって。朝から最悪！　遠足の子供たちと同じ車両に乗ってしまうくらい運がないよな。きょうのプレゼンもうまくいかない気がしてきたなあ。

悟《さとる》は弱気になって階段を上っていきました。周りの通勤客も無言で、早足で上っていました。でも、悟と同じ不機嫌な気持ちはひしひしと伝わってきました。階段の半ばくらいまで上ると、少し前をおじいさんが孫の手をひいてゆっくり上っているのに気づきました。不機嫌なサラリーマンや学生たちが、迷惑そうに次々追い越していきました。

おじいさんが、孫に何か話しかけているようです。

「エスカレーター点検してくれるおかげで、ええ運動になるなあ」

「おかげで、ええうんどう」

三歳くらいの男の子が真似しています。

「点検してくれて安心。ええ運動じゃ」

「あんしん。ええうんどう」

階段を上っていた周りの人の暗くて重い空気が、そよ風が吹いたように明るくなりました。おじいさんと孫の会話を聞いて、悟は心の中であれこれ文句言っていた自分がはずかしくなりました。

そして、今目覚めたように力がわいてきました。

その時、後ろからすごい速さで駆け上がってくる学生がいました。悟を追い越しざま、大きなスポーツバッグが肩に勢いよくあたりました。

そして、少し前を歩いていたおじいさんの背中にも。おじいさんは、よろけて階段をふみはずしました。悟はとっさにおじいさんをささえ、手をつないでいた男の子も別の人がささえてくれました。

「大丈夫ですか?」

「はい、ありがとうございます。きょうは、親切な人に会えて、本当に運がいいなあ」

「うんがいいなあ」

男の子のかわいいオウム返しに周りの人にも笑顔がこぼれました。

きょうは運がいいかも。

そう、思わせてくれるおじいさんの笑顔です。

普通なら、まず、ぶつかってきた学生に腹をたてるところです。

でも、その学生には一言も触れず、助けてくれた人に感謝して、そのことを喜ぶ。

おじいさんのプラス思考、分けてもらえた気分です。

「階段もう少しですから、気をつけて上っていってくださいね」

「おかげさんで、ありがとな」

「ありがとな」

悟は、お礼を言う二人を追い越して元気に駆け上がっていきました。

もう十五年、敏江は清掃の仕事をしています。敏江が清掃職員としてこの会社に入社した時、新入社員で入ってきた青年も今では係長になりました。

敏江は独身です。前の会社を定年退職した時、年金も一人暮らしには十分あり、もともと若い頃から贅沢などしない性格だったので、蓄えも十分ありました。悠々自適、カルチャーセンターや大学のオープンカレッジで習い事をしたり、あちこち旅行したりして、のんびり遊んで暮らす老後もいいなあと考えたこともありました。

しかし、定年が近づいてくるに従って、何にも縛られない自分が頼りないものに思えて不安になったのです。

夫も子供も孫もいない自分が、働かなくなって、社会から離れたところで暮らすことがこわくなったのです。朝起きたら、やるべきことがある。必要としてくれる人がいる。人と繋がっていたい。切実にそう考えたのです。

敏江の若い頃の姿など誰も想像もしないでしょうが、けっこう美人で大企業でずっと経理をしていました。経理課長になり、新入社員の指導係もまかされていました。

でも、定年と同時に何もかも真っ白、ゼロからのスタートです。

七十歳になっても、八十歳になっても働ける仕事。退職が近づいてくると、毎朝新聞の求人欄をチェックしました。「二十代から三十代の方活躍中」「四十五歳くらいまで」……どれも六十代以降お断り感が漂っています。六十歳以降の女性が働ける募集はやはり清掃でした。定年退職前の経歴はもう通用しません。プライドなんて、邪魔なだけです。清掃は嫌いではありません。掃除をすればするだけ綺麗になって気持ちいいし、達成感や満足感があります。六十歳で定年退職後、第二の仕事として迷わず清掃の仕事を選びました。

でも、このごろ敏江はさみしい気持ちになります。

以前は掃除をしていると、会社の人たちも挨拶をしてくれたり、「ありがとう」「お疲れ様」と声をかけてくれたりしました。トイレに飾った花に気づいてほめてくれました。仲良くなってお昼をいっしょに食べることもありました。

敏江が使う休憩室には、昼休み、社員の女の子が集まってきました。

敏江はお菓子とお茶を用意して、女子社員の愚痴など聞いて慰めたり励ましたり、第二の人生も悪くないと感じていました。

しかし、最近は清掃のおばちゃんに声をかけてくれる人も少なくなりました。

「おばちゃん、おはよう。きょうもいい天気だね」

「おはよ、悟くん。きょうは大事なプレゼンだって？　がんばってね」

係長を悟くんと呼べるのは〝同期入社〟の敏江だけです。悟は、今でも時々、敏江のいる休憩室にやってきて、中間管理職の辛さを愚痴っていきます。敏江にとっては、息子のような、孫のような存在です。

「もう心臓バクバクだよ。失敗したらずっとがんばってきた企画が流れちゃうんだよ」

「悟くんならできる。おばちゃんが保証するよ。弱音吐いてないで、がんばれ」

敏江は悟の背中をポンとたたきました。

「おばちゃんに活入れてもらいたかったんだ。じゃ、がんばってくるよ」

悟は恥ずかしそうに頭をかきながら、はにかんだ笑顔で会議室に向かいました。

そして、その後ろ姿を敏江はうれしそうに見送りました。

千夏は大学四年生。就活中ですが、未だに内定をもらえません。「残念ながら」で始まる不採用通知を何通もらったことか。企業からの封筒が来るたび、どきどきしてなかなか開封できず、封筒に向かって手をあわせたり、神棚にそなえてみたり。ようやく勇気を出してあけてみて、「残念ながら」の文字を確認すると、もう後は読まずにゴミ箱へ。自分はこの世に必要ない存在かと落ち込むばかりです。

テレビのニュースで、景気も回復して就職状況もよくなったと聞くと、なおさら落ち込みます。二、三年前までは、高卒、大卒の就職も厳しいとニュースでも盛んに報道されていました。その頃なら、こんなみじめな思いもしなかっただろうに。友達が次々と就職を決めていく中、とうとう最後の一人になってしまいました。

「千夏は一流企業ばっかりねらってるんじゃないの？　妥協しなきゃ。卒業旅行も、千夏の就職内定待ちなんだからね」

大学の一番の友達にも、せかされるようになってしまいました。

「一流企業なんて、三流大学からねらえるわけないじゃん。もう、二十社受けてるんだよ。やっぱり女は美人でかわいくて、愛想があって、話し上手でないとね。その要素どれもないもんね、私」

きょうは、二十一社目の面接です。

面接前、会社のトイレに最後の身だしなみチェックをしに行きました。トイレの鏡に映った顔は、これから面接を受ける自信がなくなるような青白くさみしい表情をしています。

「あら、鏡汚れているわねえ」

掃除をしていたおばちゃんが、千夏の前の鏡をきれいに拭きました。

「ほら、これでうんと美人に映るからね。わたしも二十歳ぐらい若く見えるかしら」

おばちゃんは高らかに笑いました。千夏も笑っていました。おばちゃんの笑顔の横で鏡に映った自分の笑顔は、確かにちょっとだけ、さっきよりきれいに見えました。

「面接に来たんだよね。大丈夫、自信を持って。当たってくだけろだよ。あっ、くだけちゃいけないね」

おばちゃんのやさしい言葉に、緊張でかちかちになっていた心が解けていきました。

「私、もう二十社落ちたんですよ。毎回、残念ながらで始まる不採用通知もらって、そのたびに落ち込んで。もう自信なんてかけらもないです。何をやっても、だめな気がして」

千夏は、涙ぐんでいました。

「暗い顔しちゃだめ。笑顔で元気に挨拶するんだよ。あとは勢い。自分の気持ちを素直に伝えてごらん。今まで、あなたを落とした会社は見る目がなかったんだよ。あなたが悪いんじゃない。この会社に入る運命だったんだよ。あきらめちゃだめ。きっといい知らせ届くよ。おばちゃん、あなたが春にこの会社に入ってくるの待ってるからね」

おばちゃんは、ガッツポーズをした後、両手を高く挙げ、ハイタッチを千夏に要求しているようでした。千夏はおばちゃんの手のひらにタッチしました。

おばちゃんの手のひらは、水仕事で冷たかったけど、おばちゃんの気持ちは、千夏の心をあったかくしてくれました。

一年後、私はここで働いている。

千夏は、そんな気がしました。

なんで子供は勉強しなきゃいけないんだろう?

毎日塾へ行って勉強しているのに、学校の成績は大してよくありません。

耕太の通っている塾は、一か月ごとにテストをして、クラス替えがあります。ABCDEの五クラスでAから成績順に割り当てられます。耕太は、先月までCクラスでした。ところが、今月からDクラスになってしまいました。いっしょに塾に通っている友達はBクラスになりました。友達はしょっちゅう塾をさぼって、ゲーセンで遊んだりしていました。

耕太は一日も休まず真面目に塾に通ったのです。

なのに、結果は……。こんな不公平あるのでしょうか。

「努力は報われる」って塾の標語は嘘です。

きっと、ぼくは勉強向いてないんだ。耕太は初めて塾をさぼろうと思いました。

塾のかばんを持って家を出て、夕方の公園をぶらぶら歩いていました。

小さな子供や親子連れはそろそろ夕食の時間で、人は少なくなっていました。ブランコの音に目を向けると、黒いスーツの大人の女の人が勢いよく立ちこぎしていました。

大人のくせに何やってるんだ?

と半分あきれて見ていると、

「おいでよ、楽しいよ」

と女の人が手招きをしました。

耕太も暇だったので、女の人の隣のブランコで久しぶりに立ちこぎをしました。

「なんか気持ちいい」

「ね、いやなことみんな振り落としてくれそうでしょ。おねえさん、きょうちょっといいことあったんだ。がんばってたら、きっといいことあるよ」

「そんなこと、あるもんか。真面目に一生懸命、一日も休まず、塾に通ったんだ。だけど、ちっとも成績あがらない。それどころか、クラスがひとつ落ちちゃったんだ。ぼくの友達なんか、ろくに勉強しないのに成績いいし、ろくに練習しないのに野球やサッカーもうまい。おまけにルックスもいいから女子にも人気がある。どこまで不公平なんだよ。もともと頭が悪いやつは、いくら勉強したってだめなんだ。運動神経も悪いし、女子にももてないし、話すことも苦手だし……」

耕太の愚痴は止まりません。

なんでぼくは知らないおねえさんにこんな愚痴ってるんだ？　と気づき、恥ずかしくなって黙りました。

「おねえさんも、君といっしょだよ。頭良くないし、彼氏もいないし。君の気持ち、痛いほどよくわかるよ。わたしも、ついさっきまでそう思ってた。就職試験二十社も落っこちたんだよ。でもね、ないものほしがったってしょうがないじゃない。うらやましがったって、それが手に入るわけじゃないし。君の真面目なところ、おねえさん好きだな。もしかしたらさ、君が気づかない、君のいいところがあって、誰かにうらやましがられているかもよ。そう考えたら楽しくならない？」

おねえさんは、耕太の顔を覗き込みました。

横で前後にゆれているおねえさんは、そんなに美人じゃないけど、笑顔がかわいいなと耕太は思いました。

「いやだ、おかあさんとこ行く！」

隆三さんは困り果てました。

出産のため里帰りしている娘が前日から入院していましたが、今朝女の子が生まれたと知らせをうけ、孫の大樹《だいき》と会いに行きました。

きのうから、おかあさんがいなくてさみしい気持ちをぐっとがまんしていた大樹は、病室にいたおかあさんに駆け寄りました。思いっきり抱っこしてもらいたかったのです。ところが、おかあさんは、赤ちゃんを抱っこしていました。

「大樹、ほら、この子が大樹の妹だよ。かわいがってあげてね。ほーら、おにいちゃんだよ」

でも、おかあさんに会えるのを楽しみにしていた大樹は、赤ちゃんを抱いているおかあさんに少しとまどったみたいです。いいえ、少しではなく、かなりショックをうけ、打ちのめされた感じでした。

「ほうほう、かわいい女の子じゃのう。わしにも抱っこさせておくれ」

隆三さんは、赤ん坊をそっと抱き上げました。

「大樹、ほらもっとこっちへおいで。かわいいぞ」

「かわいくなんてないよ！」

おかあさんを、お猿の子みたいな妹にとられたのです。

大樹は、おかあさんに近づこうともせず、すぐに帰ってきてしまったのです。

ところが、夕方になってやっぱりおかあさんに会いたくて悲しくなってしまったようです。

しかたなく隆三さんは近くの公園へ連れてきましたが、孫の大樹のごきげんはなおりません。

その時、泣いている大樹の足元にサッカーボールがころがってきました。

「おにいちゃんと遊ぼ。塾の時間まで、おにいちゃん、ちょっとだけ時間あるから」

大樹は急に元気になって男の子と遊び始めました。

男の子は、小さい大樹が蹴りやすいよう、ゆっくりころがるようボールをそっと蹴ってくれていますが、大樹はめちゃくちゃな方向に蹴るので、男の子は大変です。

やさしい子じゃのう。

大樹もあんなやさしい子に育ってくれたらいいなあ。

二人の楽しそうな笑顔を見ていると隆三さんも、いっしょにサッカーをやっているかのように楽しくなってきました。

腰痛さえなきゃ、いっしょに遊べるのになあ。

隆三さんは、ベンチにすわりながら、足で空想のボールを何度も蹴る真似をしました。

大樹もあんな風に妹と遊ぶようになるのかな。「ええ運動じゃ」と隆三さんはほほえみました。

そして、朝の地下鉄で出会った親切な人々のことを思い出し、二人目の孫にも出会え、「きょうも一日いい日じゃったなあ」と暖かな光の夕日に目を細めました。

二

きょうも朝が来てしまいました。

ゆうべ、家に帰りついたのが午前一時過ぎ。家族を起こさないようにそっとドアをあけ、テーブルの上に用意してあった冷めた夕食を一皿一皿レンジでチンして温めました。

冷蔵庫から発泡酒を出し、プルタブをあけて一口飲むと、「ああ、きょうも長い一日が終わったんだ」と昂佑《こうすけ》は深いため息をつきました。

テレビのスイッチを入れるとスポーツニュースで、ひいきの野球チームの負け試合が映っています。

「なにやってるんだよ。そんな球、おれでもとれるぞ。へたくそ！」

と、発泡酒を飲みほし、チャンネルをかえました。

今度はアイドルの熱愛報道です。

「どうでもいいよ。勝手にやってくれ」

夕食を、テレビを話し相手に済ませると、風呂へ入って自分の部屋へ辿り着いたあとは、覚えていません。

翌朝、容赦ない目覚ましの音に起こされ、あっという間に朝。入社して一年と二か月、ずっとそんな毎日が続いています。

起きているうちのほとんどを会社のパソコン画面を見て過ごしています。目をつむっても、パソコン画面がみえるようです。毎月残業時間は百時間を超え、上司には理不尽に怒鳴られる日々。やっと就職できた会社ですが、〝やめたい〟という言葉が昂佑の頭の中でふくらんで今にも爆発しそうです。

きょうは社会人になって唯一の楽しみの給料日。このためだけに、昂佑は我慢に我慢をかさね、働いているのです。

昂佑は出社前に駅前のＡＴＭでお金をおろそうと銀行の自動ドアの前に立ちました。でも、ドアがあきません。

今のおれはそんなに存在感ないか？

と昂佑は落ち込んで、その場から動けなくなってしまいました。

「お兄ちゃん、スマートだからね。イケメンでドアもひがんでるんだよ」

後ろから来たぽっちゃりしたおばちゃんが笑顔でドアの前に立ってジャンプしました。

すると、目の前のドアが勢いよく開きました。

「太っちょのおばちゃんもたまには役に立つでしょ。この自動ドアも古くなって、ジャンプしないと開かないのよ」

昂佑がお金をおろして出口に向かうと、またおばちゃんといっしょになりました。

こんどは、昂佑だけでドアがあきました。

「まあ、たくさんお金おろしたのねえ。お札の重さで今度はドアが開いたじゃない。いってらっしゃい」

おばちゃんは、背中をポンとたたくと、自転車にまたがり、あっという間に去っていきました。

小さな車体に大きなおばちゃんを乗せた自転車を見送り、空を見上げました。

「いい天気だなあ」

昂佑は地下鉄に向かって、階段を下りていきました。

地下鉄桜通線徳重駅のホームは、朝の通勤ラッシュで混み合っていました。

「こんな時間にベビーカーなんて」と周りのサラリーマンやＯＬの目は冷たく、露骨に非難する声も聞こえてきました。

「非常識だろ」

「何考えてるんだ」

病院に入院している父親の容態が悪くなり、子供をみてくれる人もおらず、タクシーもつかまらず、しかたなく地下鉄に乗ることになったのだという理由を、ホームにいる人全員に言って歩くわけにもいかず、久美はひたすら冷たい視線に耐えていました。

しばらくして列車がホームに入ってきました。久美は片手で赤ん坊を抱き上げ、もう片方の手でベビーカーをたたもうとしましたが、列車の音にびっくりして、赤ん坊が背中をのけぞらせて泣き出しました。

「赤ちゃんがかわいそうよねえ」

「こんな混んでいる時間に連れてきちゃだめよ」

困り果てた久美を追い抜いて、みんな電車に乗り込んでいきました。

「おれ、ベビーカー持ちます」

後ろにいた背の高いサラリーマンがベビーカーをたたんで持ってくれました。

「ありがとうございます」

と久美が見上げると、若いサラリーマンのはにかんだ笑顔が救世主のようにまぶしくみえました。若いサラリーマンの行動で、周りの冷たい空気が一転し、満員の車内に久美たちの乗るスペースをみんなが少しずつ詰めてあけてくれました。

「本当に助かりました」

「どちらまで行かれるんですか?」

「市大病院です」

「じゃあ、病院までいっしょに行きます」

「そんな、悪いです。会社遅刻してしまいますよ」

「大丈夫です。ぼくも降りる駅いっしょですから。きょうは給料日でお金おろすため、少し早く出てきたんです。さっき、そこでおもしろいおばちゃんに会って。なんか送りたいたい気分なんです。ぼくがそうしたいだけなので、気にしないでください」

久美は、あまりにも親切な若いサラリーマンに戸惑っていました。

「あ、へんな詐欺商法とかじゃないですからね。おむつ押し売りしたりしません。あやしい宗教の勧誘でもないし、もちろんストーカーとか痴漢とかじゃないです」

あわてているサラリーマンがおもしろくて、久美は笑ってしまいました。おかしな人だなと思いましたが、悪い人ではなさそうだと親切に甘えることにしました。

久美が笑顔になったら、ぐずっていた子供も泣き止んで、市大病院までおとなしく乗っていってくれました。

地下鉄の階段を上がると、青空がまぶしく出迎えてくれました。

「おじいちゃん、きっと大丈夫だよね」

抱っこした子供に、久美は話しかけていました。

大学病院は相変わらず混んでいました。予約しても二、三時間待ちは当たり前。元気でなければ病院通いもできません。

権蔵は長い長い待ち時間にイライラをつのらせていました。我慢も限界です。

権蔵は、受付へ行きました。

「もう一時間近く待たされとるが、まだ、わしの順番は来んのかね？」

「お待たせして申し訳ありません。あと三人目になりましたので、もうしばらくお待ちください」

権蔵はそれからまた三十分近く待って三分ほど診察してもらい、今度は支払いの長い列に並び、薬をもらうのにまた待たされ、もう、くたくたです。血圧の薬をもらうのも一日仕事です。

これでは、毎日楽しみに見ている午後からのサスペンスも『水戸黄門』も見られないかもしれません。ＮＨＫの朝ドラを見るのをあきらめて、早朝から出てきたのに、『暴れん坊将軍』も『はぐれ刑事純情派』ももう終わってしまいました。妻に先立たれて一人暮らしになってからはテレビが唯一の権蔵の楽しみとなっていました。

薬をもらう順番を待っていすに腰掛けていると、権蔵の隣のいすに、ベビーカーに赤ちゃんを乗せた若い女の人がすわりました。

「こんな小さい子がどこか悪いのかい」

権蔵は母親に話しかけました。

「いいえ、この子は元気なんですが、入院している私の父の容態が悪くなって、今朝かけつけたんですが、どうやら持ち直したようで」

「そうかい。それはよかった。わしにも、孫がおるが、もう大きくなってしまってなあ。前は盆、正月には必ず遊びに来たのに、今では、部活があるとか、受験勉強で忙しいとか言って、もう一年以上会ってないのう」

「私もそうでした。父の容態が悪くなってからです。頻繁に会いに来るようになったのは。今では、もういっぱいの管に繋がれて、ろくに話すことすらできません。元気なうちに、もっと父といろいろ話せばよかったなあと後悔しています」

若い女性は涙ぐんで話しました。

「こんなかわいい、お孫さんに会えて、お父さん喜んでるさ。これからでも遅くないよ。また見舞いに来て、いろいろ話せばいいさ」

「じいじ、じいじ」

赤ん坊が権蔵に小さな手をのばしました。

「ごめんなさい。父と間違えているみたいです」

権蔵は赤ん坊の手にそっと触れました。小さな手は、やわらかくてあったかくて、心がほっこりしました。赤ん坊が権蔵の顔を見て、にこっと笑いました。

その笑顔は、病院のどんな薬より権蔵の血圧を下げてくれそうでした。


明日は小学校の遠足。きょうのグループ決めは優樹菜《ゆきな》にとって地獄でした。好きな子どうしで、グループをつくり、明日行く明治村では、グループごとの自由行動です。どんどんグループができていく中、優樹菜は、一人取り残されていました。

「おーい、優樹菜、誰か入れてやれよ。グループができないんなら、出席番号順のグループにするぞ」

先生の無神経な言葉に心が折れそうになりました。

誘ってほしい友達は、先生がそう言っても、とうとう声をかけてくれませんでした。

結局、学級委員のいる優等生グループの中にむりやり押し込まれました。

「優樹菜ちゃん、明日の遠足いっしょに楽しみましょうね」

学級委員の美香がにっこりほほえんで話しかけてきました。でも、目は笑ってません。

「よろしくお願いします」

気の強い女の子グループで、明日一日過ごすのかと思ったら、背中がぞくっとしました。

優樹菜には、仲のいい友達が四人いました。

五人でよくラインで話しました。そのラインが仲間外れになった原因でした。

一週間前、優樹菜の誕生日をみんなが祝ってくれることになり、ラインのやりとりが始まりました。

みんなごめん。優樹菜の誕生会、都合悪くて行けなくなっちゃった。

奈緒、最近つきあい悪いよね。

他のグループの子と遊んでるよね。

いやだったら、抜けてもいいよ。

そういうの、やめようよ。仲良くしよ。

優樹菜の言い方、私たちが奈緒いじめてるみたいじゃない。

優等生ぶるのよしてよ。なんかむかつく。

優樹菜、そういうウザいとこあるよね。

奈緒へのバッシングが優樹菜へ変わりました。五人グループは難しいのです。誰か一人を仲間外れにしたくなる人数なのでしょうか。それ以来、口をきいてくれません。

学校の帰り道、急に雨が降り出しました。

よし、このままずっと降って明日の遠足中止になりますように。晴れだったら、仮病で休もうかな。傘もささず、そんなことを考えながら小雨の中歩いていると、隣の家の権蔵じっちゃんが庭の手入れをしていました。

「おかえり。ユキッペ。おや、傘もっていかなかったのかい？　何だか元気ないなあ」

権蔵じっちゃんは、優樹菜が小さい頃からよく遊んでくれたり、悩みを聞いてくれたり、泊まりにいったりして、年はうんと離れているけど、優樹菜の一番古い友達でした。

「明日《あした》、遠足なんだけど、友達いないし、行きたくないの」

「そうか、小学生もいろいろ大変だなあ。わしもいろいろ悩みはあるさ。一人暮らしはさみしいし、体はあちこち悪くなってくるしなあ。でも、きょう病院で赤ん坊の笑顔みて、かわいくて、手なんかこんな小っちゃくてやわらかくて、今ほんとに幸せな気分なんだよ。ユキッペの笑顔みたら、もっと幸せな気分になるがなあ。はい、笑顔のおすそわけ。ハッピーバースデー、ユキッペ」

権蔵じっちゃんは、しわくちゃの笑顔で庭のアジサイを手渡してくれました。

美佐江は最近。娘の優樹菜が元気がないことを心配していました。ラインのやりとりで誤解されて、友達から仲間はずれにされているらしいのです。ラインの文字には表情がありません。人の感情はスタンプだけでは表現しきれません。文字がストレートに相手に伝わって、勝手に広まっていきます。

今朝も優樹菜は、学校へ行きたくないようでした。

「そんなにいやなら、学校へ行かなくたっていいよ」と言ってあげたい気持ちをぐっとこらえて、

「いってらっしゃい。友達もいつか優樹菜の気持ちわかってくれるよ」と送り出しました。

きょうは優樹菜の誕生日。帰ってきたら、学校のいやなこと忘れてしまうくらい、盛大ににぎやかに祝ってあげようと思いました。本当だったら、友達を呼ぶ予定だったのですが、できなくなってしまい、おとうさんにもできるだけ早く帰ってきてもらうよう頼みました。隣の権蔵さんも呼びました。

そういえば、朝の青年は、元気かしら。

美佐江は、ふと朝出会った青年のことを思い出しました。

パートへ行く前に誕生ケーキを買うお金をおろそうと、駅前のＡＴＭに立ち寄りました。すると、いかにも元気のない若いサラリーマンが、自動ドアが開かなくて立ち尽くしていました。その姿が、今朝娘が玄関に立ち尽くして溜息をついている姿と重なって、少しでも元気になってくれればと声をかけたのでした。娘も誰かにあたたかい言葉をかけてもらえればいいなと思いながら。

「ただいま。隣の権蔵じっちゃんにアジサイもらったよ」

優樹菜は美佐江に淡いピンクのアジサイをうれしそうに見せました。

優樹菜の携帯が鳴りました。奈緒からです。

誕生日おめでとう
ちょっと遅くなりますが、プレゼント持ってゆきっぺんち行きますね

窓の外には雨上がりの虹。

「明日《あした》は、いいことあるかもね」

そう言う優樹菜の久しぶりの笑顔を見て、美佐江は思いました。

みんなが笑顔の明日《あした》になりますように。

たそがれ図書館

一、人事異動

その図書館は、駅からほんの五分ほどで歩いて行けるところにあるのに、まるで別世界に来てしまったような雰囲気があった。

森の小道をしばらく歩くと、木々に囲まれた中に円筒形の建物があり、建物の周りにはツタがびっしりからまりついていた。まるでその図書館自体が一本の大木のようで周りの木々に溶け込んでいた。

重くて大きなドアをあけると、丸いフロアの中心にダルマストーブがあり、利用者を静かに迎えた。円形の壁に沿って書棚があり、とても手の届きそうにないところまで、本が並んでいた。ダルマストーブの奥にはカウンターがあり、中年の女性司書が一人、本を目の前に堆《うずたか》く積み上げ、整理作業をしていた。書棚の上の高窓から外の光がやわらかくうっすらと入ってきていた。

昭和三十年代から四十年代の頃の日本のにおいがした。

司書の青空貴子《たかこ》は、今年四十九歳。大学卒業後、超難関、何百名かの受験者の中で数名しか採用されないという県の司書採用試験に合格し、県立月並図書館に勤務していた。県立図書館では、整理部の主任にまでなり、仕事にも自信と誇りを持っていた。別館として新しく建設中の最新の図書館システムを備えた情報センターの主任になる話も出ていた。

しかし、三月、貴子に届いた人事異動通知には、

県立月並図書館分館事務長を命ずる。

とあった。

県立月並図書館分館は、県立図書館の別館で、つまり、県立図書館本館以外に、別館として、今建設中の情報センターと分館の二館があるということだ。

県立月並図書館分館は、たそがれ図書館と呼ばれ、司書の窓際席または墓場一歩手前であると言われていた。

定年間近で役職にもつけない人が最後にたどり着く場所。

図書館司書になって二十七年。司書は天職だと思ってがんばってきた。それなのにどうしてわたしが……。貴子は、まさに地獄に突き落とされたようだった。

貴子は、県立図書館館長であり、おそらく今回の人事を決めた佐藤の館長室に行った。

「館長、なぜ私がたそがれ図書館なんですか？　確かに私は異動をお願いしました。でもそれは情報センターです。最新の図書館システムが学びたくて、お願いしたんです。たそがれ図書館には何も学ぶものはありません」

佐藤は、興奮して訴える貴子の言葉をほほえみながら聞いていた。

「そうかなあ。たそがれ図書館でしか学べないものがあるから、君を抜擢したんだ。そして、君のここでのキャリアをたそがれ図書館に生かして、たそがれ図書館を君の力で、開拓してほしいんだ。今、たそがれ図書館は司書の墓場とか、年寄りの隠れ家とか、お化け屋敷とか言われている。建物の取り壊しも検討され、風前の灯状態なんだ。図書館には、それぞれ役割がある。本館は一般の人々誰もが使いやすいように、情報センターは素早くあらゆる情報が取得できるように、たそがれ図書館にも他の館にない、何か役割があると思うんだ。それを見つけて運営していくのが、貴子君の役目だよ。元気のない図書館を君が元気にさせるんだ。これは君にしかできないからお願いするんだよ」

館長の佐藤はいつもこんな感じで、人をほめて動かす才能を持っている。

「わかりました。一年がんばってみます。そのかわり一年したら、情報センターに異動させてください」

「わかった。一年後、君がそう望むなら約束しよう。一年、たそがれ図書館を頼む」

二、館長の気持ち

佐藤館長は、貴子が館長室から出て行った後、貴子が初めて図書館に来た時のことを思い出していた。

二十七年前、佐藤が閲覧の主任をしていたときのことだった。

新卒者が四月から入ってくると聞いて、また、しばらく大変だぞと内心おっくうな気持ちになった。

図書館カウンターには、いろいろな人がやってくる。

中には、毎日のように苦情を言ってくる利用者もいる。その矢面に立たされるのが、カウンターに座る閲覧係である。

なかなか本を返さない利用者には葉書で請求したり、直接電話したりして、返却をお願

いする。中には、逆切れされて、

「何で家にまで電話かけてくるんだ！」

と怒鳴られたりはしょっちゅうだ。

そんな利用者との応対に嫌気がさして、ストレスで体調をこわし、異動願を出したり、休職や退職をしていく司書も多い。

四月一日、やってきたのは、実におとなしそうな女の子だった。

夏まで持つかなあと内心思っていた。


ところが彼女は、閲覧カウンターに座ったとたん、

「夢だったんです。ここに座るの。すみませんが、このカメラで写真とっていただけますか？」

とカメラを佐藤に差し出した。

カメラに向かって、ピースサインをしてにっこり笑った顔は今でもはっきり覚えている。

そして、彼女は、利用者がカウンターにやってくるのを待っているのではなく、きょろきょろしている人がいると自分からカウンターの外に出て、

「何かお探しですか？　ごいっしょに探しましょうか？」

と声をかけていた。

一番驚いたのは、佐藤たちが迷惑に思っていたホームレスにも、気軽に声をかけて応対していたことだった。

そして、それまで佐藤たちが何度注意しても椅子に寝転がったり、閉館時間になっても出ていかなかったホームレスたちが、青空貴子の言うことは、素直に聞くことだった。

普段からホームレスたちにも分け隔てなく挨拶する彼女に、ホームレスたちも心を開いているようだった。

一般の利用者たちも、青空貴子がカウンターに座っていないと、

「きょうは青空さん、お休み？」

と必ず聞かれた。

毎日何度も文句を言いに来るクレーマーも、クレームを付けに行く前に、彼女から挨拶されたり、話しかけられたりして、拍子抜けしていた。

「おはようございます。きょうは、何かお困りのことありますか？　遠慮なく、おっしゃってくださいね」

と言われては、クレーマーもやりにくい。

佐藤は、青空貴子が閲覧係になって、図書館の雰囲気が変わったと感じた。

以前は、態度の悪い利用者やクレーマー、ホームレスなどに対しては、こちらも強い態度で臨まなければならないと硬くなっていた。言わば、敵のような気持ちでいた。そんな図書館司書の態度がいけなかったのだと思った。

彼女には、そんな深い考えがあったわけではなく、自然にそなわった性格なのだろう。

採用試験の最終面接で初めて彼女に会った時、

「図書館司書は私の天職です」

とはっきり答えた彼女を思い出していた。


しかし、最近の彼女は昔の彼女ではなかった。

十年前から、整理部に異動し、五年前には主任になり、一年前離婚をしてから、常にイライラしている感じがうかがえた。

もう一度、あの頃の彼女に戻ってほしいと、佐藤は、貴子のたそがれ図書館への異動を決めた。

三、はじめまして

その日の午後、貴子は館長と共にたそがれ図書館に向かった。

本館からわずか歩いて五分なのに、貴子は今まで一度も行ったことがなかった。貴子の中でそこは古本の倉庫というイメージしかなかった。つたがからまった円筒形の建物はひっそりと森の中に主のように立っていた。

ドアに掛けられた手書きの案内板には、

開館時間
ほぼ日の出から日没まで

と書いてあった。誰が日の出に図書館を開けるんだ？　といきなり不安になった。いくらお年寄り相手の図書館とはいえ、そんな早起きはできない。それになんというアバウトな時間設定。

「この看板は、ボランティアの有吉さんが書いてくれたんだよ。ついこの間まで看板屋さんだったそうでね。分館の中の案内表示もすべて有吉さんの作品さ」

館長が言うように、さすがに本職だったらしく、有吉さんの看板や案内表示は、わかりやすく、親しみやすい書体で、高原の洒落たレストランのメニューのようで、おしゃれでイラストなどが添えられ、館長が言うように、それらは正に作品だった。

図書館の中央には、だるまストーブが赤々と燃え、その向こう側に司書の席があった。

「前任の司書が二月に退職して、今はこの席に座る人がいない状態なんだ。四月からは君にここに座ってもらうわけだが……」

「じゃあ、今はどうしているんですか?」

「さっき言った有吉さんのように、この図書館を手伝ってくれるボランティアが五人いるんだ。まあ、彼らがたそがれ図書館の知恵袋というか、人間図書館システムというところかな。今は彼らが交代で顔を出してくれている。新事務長が来ると知らせてあるから、そのうち五人がやってきたら、紹介するよ」

「わかりました。それまでちょっと図書館みせていただいています」

「ああ、そうしてくれ。わたしは彼らが来るまで、だるまストーブの横で本でも読んでるから」

だるまストーブの上のやかんがしゅんしゅん音をたて始めた。

たそがれ図書館は、円形の周りの壁一面が本棚になっており、見上げて首が痛くなるほど上まで、本がぎっしり詰め込まれていた。

一時は古くなって本館で読まれなくなった本の倉庫として使われていたらしいが、懐かしい本をぜひ見せてほしいという少数の県民の意見に耳を傾けた館長が、五年ほどまえから開館に踏み切ったらしい。利用者も少なく、予算も職員も回せないので、退職間際の司書とボランティアに手伝ってもらい、ほそぼそと運営してきた。

わたしが、いったいこの図書館に来て、何をどうすればいいんだろう?

貴子には、まだ、何も考えることができなかった。

最初にやってきたのは、大きな鞄を持って背広をきちんと着た小太りな年配の男性。まだ、肌寒さの残る三月だというのに、汗を拭き拭き入ってきた。

「いやあ、私が一番でしたか。うれしいですねえ。こんどの司書さんは、なんと若い女の方だと聞いて、なんとか他の方より早くお会いしたくてねえ、走ってきましたよ」

「若くなんてないですよ。もう、四十代。ごめんなさい。期待はずれで」

「いやあ、わたしたちからみたら、あなたはうんと若い。もちろん、わたしたちだって、心は若いですがね」

　声が大きくて、小さな図書館にびんびん響き渡る。

「この人はね、榊原先生。去年まで大学で教授として、教鞭をとっておられた先生なんだ。今もカルチャーセンターや講演会でお忙しい中、お手伝いしていただいてるんだ」

　館長が紹介した。

「大学教授は去年まで。今は、図書館のボランティア、榊原です。美しいお嬢さんのお手伝いができるなんてうれしいですなあ」

「榊原先生、こちらは四月からこの図書館の司書として赴任する青空貴子さんです」

「よろしくお願い致します」

　若いとか美しいとか言ってもらったことなどここ十数年なかった。貴子は、久しぶりドキドキしてしまった。

「青い空が高く輝いている。いいお名前ですねえ。たそがれ図書館もますます輝きそうですねえ」

　榊原先生と話しているとなんでもプラスに考えられそうな気がしてくる。

四、ボランティアのみんな

貴子が、ダルマストーブのお湯も沸いたので、お茶でも淹れようとしたときだった。

「ああ、それは私がやります。お茶を淹れるのは得意なんです」

と二十代半ばのOL風の女の子が入ってきた。

「貴子君、この子が桜井由香さん」

「はじめまして、私、一年前までOLやってました。おいしいお茶を淹れるのが大好きで会社のみんなに自分で気に入ったお茶を買って、毎日淹れてたんです」

由香は、慣れた手つきでお茶を淹れながら話した。

「そしたらある日、上司に会議室へ呼ばれて、他のOLたちから君だけいい顔しておいしいお茶を淹れるのはどうかと苦情が出ている。今後お茶はセルフにするよう徹底するからお茶は淹れないでくれって言われたんです。そんな細かいことにこだわってるOLもそれに納得する上司の顔もあほに見えてやめました。もっと、他にこだわることあるだろ。人間がちっちぇえんだよって啖呵きって。そんで今はお茶屋でバイトしてまーす」

「うれしいわ、毎日おいしいお茶が飲めるなんて。青空貴子です。よろしく。まったくそのとおり。誰がお茶を淹れるか淹れないかなんて、そんなことどうでもいい。そんなことをごたごた言ってねたむＯＬ、それを鵜呑みにしている情けない上司のいるところなんて、お先真っ暗のダメ会社だよ。やめてあっぱれ！」

「うわーあ、おねえさんと気が合いそう！　私、高校の時ちょっとグレてて、中退しちゃったんです。それでパソコンの資格とってやっと入った会社だったんですけどね」


由香の淹れてくれたまろやかでおいしいお茶を貴子たちが飲んでいると、学生服を着た高校生の男の子が音もたてずにすーっと入ってきて、貴子の後ろにぬっといつの間にか立っていて、貴子はお茶を噴き出しそうになった。

「びっくりしたあ！」

「この子は高校三年生の樋口洋平君。自閉症ぎみであまりしゃべらないが、この図書館にどの本がどこにあるか一番把握しているよ。貴子君、ためしに樋口君に何でも聞いてみてごらん」

「じゃあ、『かもめのジョナサン』あるかしら」

「か、かもめのジョナサンはトラの棚の上から三段めの左から十七冊めにあります」

貴子が確かめに行ってみると確かにその場所に『かもめのジョナサン』があった。

正に人間図書館システムだ。

ちなみにトラの棚というのは、たそがれ図書館は円形に書架が並んでいるので、十二支の方角にちなんで、子、丑、寅、卯……と干支十二支の名前が各棚についている。

「すごいね、樋口君。頼りにするからね。青空貴子です。よろしく」

「さてと、後は看板書いてくれる有吉さんと、朝、夜明けと共に起きて図書館を開けて掃除してくれる朝日さんだね」

「朝日さんは夕方の今頃はもう寝る準備じゃないですか？」

元気いっぱいの榊原先生が言った。

「まだまだ寝ないよ」

ドアがあいて夕日を背に年配のおばあさんが立っていた。

「人を年寄り扱いしちゃいけないよ。今だってでんぐり返しできるんだ。ほらね」

朝日さんはいきなりでんぐり返しして見せた。

「あいたたた。背中痛いね。布団の上じゃ平気なんだがねえ」

みんなこれにはびっくりしてしばらくしんとなっていたが、意外にも樋口君が最初にクスッと笑い出して、朝日さんがおかしいやら、樋口くんが笑ったのがうれしいやらで、みんなでいつまでも笑ってしまった。

「何、みんなで笑ってるの？」

と有吉さんが、
WELCOME　青空さん
と書いたスケッチブックを高く掲げて入ってきた。

貴子はここへ来るまでの不安な気持ちや不満な思いがすーっと消えていくのを感じた。

ここでがんばろう。この人たちとならがんばれる。

たそがれ図書館をつぶさないようがんばってみようと思った。

五、たそがれ図書館の役割

貴子は一人たそがれ図書館に残っていた。

たそがれ図書館にはどんな役割があるか。

他の二つの図書館にはないもの。

それは……。貴子はぐるりと周りの書架を見渡した。

それは、古い本。毎年数多くの本が出版される中で、図書館も予算と相談しながら多数の本を受け入れていく。本館ではやはり受け入れたばかりの新刊本、ベストセラーが人気で、五年十年経った本は利用もうんと少なくなり、廃棄処分するか、県民に譲渡することになる。しかし、古い本にも良い本があり、利用価値のあるもの、保存しておくべきものもある。そんな本がたまりにたまったのが、たそがれ図書館である。中高年の人が青春の時期に読んだ忘れられないあの本が読みたいと思っても、廃刊になっていたりして、手に取ってもう一度読むことはむずかしい。そんな思い出の一冊と出合わせてあげられるような図書館ができないものだろうか。

　本を求める人があっての図書館だ。

　今の大きな図書館は施設は充実しているけど、まず図書館というりっぱな建物、設備があってそれを人が利用させてもらうという感じがある。調べ物があれば、ほらそこの便利な検索機でどうぞという冷たい感じ。

　たそがれ図書館は違う。たとえば書名や著者名がわからず、うろ覚えで小説のワンフレーズしか覚えてなかったり、ものがたりのおおよそのあらすじしかわかってなかったりしても、対応してくれる人がいる図書館。機械に向かうのではなく、人に向かって話のできる図書館。

　そう、それがたそがれ図書館。


　一週間後、三月いっぱいは本館整理部に籍のある貴子は、本館整理部の自分の席でひたすらメモ用紙にたそがれ図書館の構想をねっていた。

　シフトはどうしようか。

　私は公務員だから、九時から五時勤務。

開館が日の出からだから、日の出から九時までは朝日さん。

樋口君は高校生だから夕方か土・日の午前中勤務。

由香ちゃんはお茶屋さんのバイト後だから平日の夕方、土・日はデートよね。

平日の昼間は、ときどき有吉さんにお願いして、土・日の午後は講演会のない日は榊原さんにお願いしようかしら。

でも、みんなこんなの決めても好きな時間に好きなように来るだろうな。ボランティアさんだし、強制はできない。

そうだ。

ほぼ日の出から日没まで。

なんだ。

たそがれ図書館はもっと自由な感じで。

開館時間案内の下に突然の臨時休館ありって今度有吉さんに書いてもらおう。

本日は、三月三十一日。本館勤務最後の日。

シフトを考えているうち、この間会ったみんなの顔が浮かんできて、似顔絵をかいた。

元大学教授の榊原先生は、いつも元気いっぱいで常に人生を全力疾走でかけていて汗をかいている感じ。いつ会ってもほめてくれそう。

由香ちゃんは、なんでもはっきり言う現代っ子。キレると迫力満点。昔、ヤンキーだったらしい。なかなかの美人。さばさばしていて小さいことにこだわらないところが好き。お茶淹れの名人。

樋口君は正に人間図書館システム。たそがれ図書館のことは何でも彼に聞こう。背が高くて、うつむきがちな顔をよくよく見るとこちらもなかなかのイケメン。自閉症ぎみだと聞いているが、彼は人の心をとても敏感に感じられるやさしい子だ。初めて会ったときの一瞬みせた笑顔は輝いていた。また、樋口君の笑顔見たいな。

朝日さんは、元気な女性。艶のあるシルバーのショートカットが素敵。七十歳を過ぎているとはとても思えないパワーがある。考えるより先に体が動いてしまう。若い頃はバレーボールの選手だったと言っていた。

有吉さんは、元看板屋さん。斜めにかぶったベレー帽が似合っている。彼の手書きの看板を見ると見た人の心があったかくなる。それはきっと彼が見る人のことを考えて一生懸命書いていているからだろう。

六、ごめんなさい。ありがとう。

「主任、なんだか変わりましたね。その席に座ってにこにこしている主任、初めて見ました」

「そう？　私今笑ってた？」

「前はむずかしい顔して、眉間にしわよってましたよ」

「やだ、ほんとに？」

高橋健二は整理部の部下、英文学科出身の洋書担当だ。四月からは彼が主任となる。

「主任、似顔絵なんか描くんですね。無駄なことはいっさいしない人かと思ってました」

「なんか、わたしってそんな印象悪い上司だった？」

「仕事終わった後の飲み会や昼休みはふつうの人でしたけど、仕事の時はぴりぴりしてましたよ。私に触れたら怪我するわよって感じ」

「ほんと高橋ははっきり言うよね。高橋じゃないの？　館長に進言して私をたそがれ図書館に飛ばしたの」

「そんな力ぼくにあるわけないでしょ」

「冗談よ。がんばってね、高橋主任」


そうか、私ってそんなにぎすぎす、ぴりぴりしてたんだ。

情報センター建設が決まって以来、ずっとセンターの主任になることばかり考えていた。

だって、私には仕事しかないから。

二年前、離婚を決めた時、息子に話したら、

「わかった。俺も四月から社会人だし、一人でやっていく。三人別々に新しい生活始めればいいんじゃない」

と言われた。

正直ショックだった。夫と離婚することは望んでいたけど、息子とは彼が結婚するまではいっしょに暮らすつもりでいたのに。

離婚後、夫は家に残り、息子と貴子はそれぞれ別々の賃貸マンションに移った。それ以来、夫や息子と会っていないし、連絡もとっていない。

貴子は、寂しさをうめるようにがむしゃらに図書館の仕事にのめりこんだ。

一人で突っ走って、今考えてみれば明日でもいいことを部下に無理やり残業させたり、少しのミスで当たりちらしたこともあった。たそがれ図書館に飛ばされるくらいでよかった。離島へ飛ばされても文句は言えない。

すべての引き継ぎは終わったと思っていた。

でも、大切なことを忘れていた。

「みんな、ちょっと集まってくれる？」

整理部の部下五人が集まってきた。みんな今思えば良い子ばっかり。ちょっと前までは、なんでうちの整理部はこんな出来の悪いのばっかりなんだろう？　と不満に思っていらいらしていたことがうそのよう。たそがれ図書館のみんなの似顔絵を描いたように、この子たちの似顔絵を描いて、にっこり笑うような余裕のある上司でなかったことを後悔した。

「きょうでこの整理部で働くのも最後になりました。みんなにとって、あまりいい上司じゃなかったこと、今とても後悔しています。ごめんなさい。そして、こんな私のもとで今まで働いてくれて、ほんとうにありがとう」

ごめんなさい。

ありがとう。

この言葉、私が彼らに言わなければならなかった言葉。最後に言えてよかった。

「確かに主任は厳しかったけど、いっぱいいろんなこと教えてもらったよな、みんな」

「昼休みや仕事のあと、相談にのってくれたこと忘れません」

「カラオケで松田聖子の歌歌いだしたら、マイク離さないところや、酔っ払ったら昔の彼の名前を叫ぶくせは直してくださいね」

「もう主任に怒られないのかと思うとちょっとさみしいなあ」

「定年の時とかに、花束なんかもらうのはごめんだわって、いつか言ってましたよね。でも、今まで仕事で泣かされてきたので、みんなで最後に主任を泣かせようって、みんなからです」

高橋はそう言うと後ろに隠し持っていた花束を貴子に渡した。

「私はそんなやわじゃないからね」

貴子は泣くもんかと花束を奪うようにとった。

でも、高橋の顔を見て、我慢ができなくなってしまった。高橋も他の四人も泣いている。

ありがとう。

ほんとうに幸せです。

七、初出勤

四月一日、たそがれ図書館出勤初日。駅を降りて、思わずいつもの道を通って本館へ行きそうになり、こっちこっちと右へ曲がった。

そうね、ここらへんにたそがれ図書館の案内看板ほしいな。有吉さんにお願いしとこう。

木々のトンネルを通っていくと小鳥のさえずりが聞こえてきた。うぐいすも鳴いている。

木漏れ日がスポットライトのように何本も小道に当たり、その中を歩く貴子は白雪姫にでもなった気分。

小人でなく、でんぐり返しの朝日さんがいるたそがれ図書館に向かって歩いた。

朝日さんは外で太極拳をしていた。

「おはようございます」

「おはようございます。青空さんもいかがです？　太極拳」

「私、まったくの運動音痴で」

「いけませんねえ、それは。じゃあ、まず、でんぐり返しでもしますか」

そう言うと朝日さんは図書館のドアをあけた。

そこには赤じゅうたんがドアからだるまストーブに向かってひかれていた。

朝日さんはなんのためらいもなく、でんぐり返しを一回転して、貴子にもやってみなさいと目で合図。しょうがないなあ、パンツスーツでよかったと貴子も一回転。

そのとたん頭がくらくら。でんぐり返しなんて中学以来やったことなかったから、ざっと三十五年ぶり。頭をかかえる貴子に朝日さんは、

「毎日やれば、なれるから」

と言う。たそがれ図書館、朝一番の仕事はでんぐり返しになりそうだ。

「こう見えても私、若い頃は、新体操の選手だったんですよ」

と朝日さんは自慢げにポーズをとった。この間は確かバレーボールの選手って聞いたけど。

「じゃあね、わたしはこれで失礼しますよ。主人が待ってますのでね。早く帰ってこいってうるさいの。わたしはお国から大切な御用を言い付かってるんですって言うと、そりゃ

ご苦労様ですって敬礼するの」

朝日さんが行ってしまって、ひとりになると本当に静かだ。主要道路から離れていることもあって、車の音も聞こえず、小道に入って三分ほど歩くだけなのに、人の話し声も聞こえない。貴子は司書の回転いすに座り、くるっとゆっくり一周してみた。三六〇度壁に本が並んでいる。

本たちは、誰かがいつか手にとって読んでくれる日を静かに待っている。貴子もその本の中の一冊になったような気持ちになった。私も誰かに必要とされているのだろうか？いつか誰かが私を見つけてくれるのだろうか？

「よろしくね」

本たちが貴子を見つめているような気がして、挨拶した。

今、地震が起きたら、わたしはこの本たちに埋もれて死ぬよね。司書の死に方、殉職って感じ。

新聞の見出し文句が浮かぶ。

県立月並図書館たそがれ分館で司書、本に埋もれ殉職！

元だんなや息子は泣いて悲しんでくれるだろうか。天涯孤独の私、誰が葬儀を出してくれるんだろう？　骨ひろってくれる人いるの？　お墓は？　無縁仏か……。

週刊誌の見出し文句が浮かぶ。

殉職死司書の孤独。無縁仏に。

底なしのさみしさが貴子を包み込んだ。

考えるな！　仕事、仕事。

八、自腹図書館

たそがれ図書館は二十年、三十年前の図書館方式だ。

つまり、本館で不要になった図書だが、廃棄するのはどうか、まだ利用価値があるのではという本を集めた図書館で、図書と共に目録カードも持ってきて、検索は目録カードでということになる。よく読まれている本は、目録カード上部の手垢の程度や紙の減り方でわかる。本は基本的に図書館協会が決めた分類番号順に並んでいる。たそがれ図書館独自の方式は書架が三六〇度円形の書架配置なので、書架が子、丑、寅……と干支の方角にちなんだ表示となっている。例えば、子の書架の三段目にある本は、「子の3」と目録カードに場所が書いてある。

せっかちな人は樋口君に聞くといい。彼はたそがれ図書館を館長が作った時以来の一番の利用者で館長の話だと中学二年の時、いじめにあって、たまたま逃げ込んだのがここで、ここが彼の引きこもり場所になったそうだ。彼は中学に行かず、ひたすらここで本棚をながめていたらしい。そのうち退屈で読み始め、彼はたそがれ図書館の人間図書館システムになったのだ。

「おはよう、ございます」

樋口君だ。図書館の戸を十センチほどあけて、そこから顔をのぞかせている。

「おはよう、樋口君。入っておいでよ」

「学校あるので……。いって、きます」

「いってらっしゃい。学校終わったら来てね」

樋口くんはこっくりうなずいて、ほんのちょっと笑顔を残していった。高校にはなんとか通っているようだ。

たそがれ図書館に与えられた予算はあまりに少ない。

システム導入なんて、夢の夢。とにかく本館のお古のコイン式コピー機と、パソコンを一台おいてもらうことだけは許可をもらった。

由香ちゃんが淹れてくれるおいしいお茶も有吉さんの看板の材料費も、実は彼らの自己負担と聞いて驚いた。たそがれ図書館は自腹図書館だったのだ。それではボランティアに頼りすぎだ。

由香ちゃんに、お茶代、請求してと言ったら、

「職員用のお茶は一〇〇グラム三〇〇円以下の指定の業者でないとだめなんだって。あの湯に色だけついたようなほうじ茶や香りのない玄米茶じゃいやだし、自分が飲んでおいしいと思ったお茶でないと、お茶屋に勧めるチャムリエとして人には出せません」

確かに本館で指定されたお茶を飲んだ女子職員の間ではムーミン紅茶（色は紅茶みたいに濃いけど味がしない→無味→ムミ→ムーミン）と言って、みんなマイボトルを持ってきていた。

有吉さんにも材料費を請求してくださいと言ったら、

「この材料でしてくださいとか、もっと安い材料でとか、うるさいし、ぼくは好きなようにしたいし、自分のポリシー曲げたくないんだ」

と言った。

館長に交渉してみたが、

「とりあえず、成果をあげないと私も予算の取りようがないんだ。まず、上を納得させるような利用状況になるよう努力してみてくれ」

と言われてしまった。

利用者を増やす。

どうやって?

貴子は机の上のパソコンをみつめた。

まずは、たそがれ図書館のPR。ホームページを作ろう。

森の中のオアシス。

心癒される空間。

あなたの思い出の本探します。

三十年ぶりの懐かしい本との再会。

キャッチフレーズが次々浮かぶ。

だるまストーブの写真、蔦がからまる外観の写真、小道に木漏れ日がさす朝の風景、小鳥の声を入れる……。

手作りでリーフレットも作ろう。本館やあちこちの公共施設、最寄りの駅、バス停などにも置こう。

より多くの人が本と出合えるよう、ホームページのなかで本の情報を交換できるような場所を提供しよう。

由香ちゃんは、情報系の会社に勤めていたと言っていた。ホームページの作成などお願いしよう。

九、榊原先生

「ほおー、これはまた、図書館に咲く一輪の花ですねえ。青空さん、いいですねー。はい、そのままこっち見てください」

榊原先生はカメラのシャッターを切った。

「美しいものを見るとすぐにカメラにとっておきたくなるんですよ」

この人は、どこまで本気なんだかわからないが、こちらが照れるほどに褒めてくれる。

榊原先生の目には、世の中すべてが美しく見えているのだろうか？

「榊原先生は、きっと大学の学生さんたちにも人気があったんでしょうね」

「いやあ、そんなことありませんがね、私の講義は希望者が多くていつも抽選になってしまって、はずれてしまった学生には本当に申し訳なくて。青空さん、人生はすばらしいですよ。いろんな人に出会える。私はいろんな人に出会えるのが楽しくてしょうがない。人間は一生にどれだけの人に出会えるでしょう。そう考えたら一人一人大切にしたいですよね」

榊原先生と話していると、元気が出てくる。人生の講義を受けているみたい。

「そうだ！　榊原先生。このたそがれ図書館でもミニ講演会をしていただけませんか？　テーマはやはり本に関連することで。狭いところですから、一回の講演は十人から十五人くらいで毎週一、二回。一時間位でいかがでしょうか？」

「いいですねえ。講演会に足を運ぶことでたそがれ図書館が知られるようになれば、すばらしいですね。時間を取れるよう考えてみましょう。そうしたら、青空さんにも毎週ゆっくりお会いできますし」

ふと思いついたことだが、我ながら良い案だと思った。

「少人数なので、一方通行の講演者がしゃべるだけの講演会でなく、言葉のキャッチボールができるような講演会にしたらどうでしょう」

「そうですね。お茶とお菓子を食べながら、アットホームな感じで」

「いいですねえ。さっそく講演の原稿書きますよ」

貴子はわくわくしてきた。一度榊原先生の講義が聴いてみたいと思っていたからだ。

「ところで青空さん、今夜あいてますか？」

「え？」

今夜あいてますかって、どういうことだろう？

「へんな言い方しちゃいましたね。みんなで青空さんの歓迎会をしようということになりまして。みんな年取るとせっかちで、特に朝日さんが、明日生きてるかわからないから、きょうにしましょうって。わたしんちへ電話かかってきましてね。わたしが幹事やるって言ってたものですから」

「うれしいわ。もちろん行かせていただきます」

「朝日さんもさみしいんですよ。もうずっと一人なので」

「ええ？　今朝帰るとき、だんなさま待ってるって言ってましたよ」

「朝日さんの心の中にいつまでもいるんですねえ」

「朝日さんって、バレーボールの選手ですか？　それとも新体操？」

「いやいや、もっとありますよ。水泳、バスケット、スキー、テニス、卓球……。でも、別に朝日さんはうそつきじゃないですよ。小さい頃から、運動が大好きでいろんなスポーツしたかったんですよ。だんなさまにもずっと生きていてほしかった。思い続ければ夢は叶うっていうじゃないですか。だから、思い続けている夢はうそじゃないんです」

「そうですね。夢は持っていたいですよね」

「青空さんの夢はなんですか？」

「今は、たそがれ図書館を魅力ある図書館にすることです。そして、自分の心休まる居場所を見つけること」

「叶うといいですね。じゃあ、私はこれから講演会をしてきます。夕方、歓迎会会場でお会いしましょう。会場までは有吉さんが車でお迎えにきますので」

そう言うと榊原先生は、早足で去っていった。

十、有吉さん

有吉さんは、いつものようにベレー帽を斜めにかぶり、夕方迎えに来てくれた。

「歩いても十五分くらいなんですが、きょうは青空さんの歓迎会ですからね、ロールスロイスで迎えにきましたよ」

と言われ、大通りまで出てみると、業務用の軽トラックが一台止まっていた。

荷台には大売出し、出血大サービス、タイムサービスバーゲンとかいった看板が載っていた。

「すごいですねえ。看板まで乗るロールスロイス初めてです」

「どうぞ、お嬢様、助手席にお座りください」

助手席のイスは張ってあるカバーが所々やぶれて、ワイヤーがおしりにごつごつ当たる。

「看板屋さん、まだ続けていたんですね」

「もう店は閉めたんですがね、長年のお得意さんたちが頼んでくると断れなくて、細々とやってるんです」

「有吉さんが書く看板は見る人の心をあったかくするんですよ。覚えてますよね」

「それ、二十数年前にもあなたから言われたんですよ」

「有吉さんと以前お会いしてましたか？　失礼しました。有吉さんのたそがれ図書館の看板見たとき、なんか懐かしい感じしたんですよね」

そう言いながら、貴子は必死に二十数年前を思い出していた。

「あなたがまだ、図書館に就職して二、三年、月並図書館のカウンターにずっと座ってましたよね」

「はい、右も左もわからないうちに、いきなり閲覧係に配属されて、カウンターに二年間ほど座っていました」

「あの頃、図書館へ来る子どもたちの間で、ホームレスのおじさんと呼ばれていた人いましたよね」

「はいはい、いつもスケッチブック持って、絵や字の上手なおじさん。格好がきたなかったので、大人たちは近づかなかったけど、子どもたちには人気ものでした」

「そのホームレスのおじさんがぼくです。他の司書さんたちは、ぼくを見ると眉をひそめて、口には出さないけど、目が迷惑そうに出て行けと言っている感じで冷たかった。でも、青空さんは違った。ぼくのスケッチブックをのぞいて、〝絵も字もお上手なんですねえ。なんだか心があったかくなります。もしよろしかったら図書館の表示も書いていただけませんか?〟と気軽に声をかけてきてくれた。そして、翌日わたしが書いてきた案内表示をうれしそうに図書館の書架に貼っていってくれた」

「覚えてます。あの頃はワープロもパソコンもまだなくて、なんでも手書きでカレンダーの裏などに司書がマジックで書いていたんです。有吉さんの案内表示、貼っていくとすぐ利用者のみなさんからほめられて、うれしかった。あれ、五、六年ずっと貼ってましたよ。有吉さんのより上手に書ける司書がいなくて。有吉さんもあの後、来られなくなってしまったでしょ」

「ぼく、あの頃美大を卒業しても、就職せず、ぶらぶらしてたんです。絵かきで食べていけるはずもなく、何をしたらいいかわからなくて。でも、あの時、みんながぼくが書いた表示を見て、喜んでくれて、ほめてくれて、うれしかった。だから、看板屋になろうと思った。そして、即、翌日から看板屋に見習いで入った。だから、看板屋という天職を見つけられたのは、青空さんのおかげなんです。ありがとうございました」

貴子は、表示を貼った日のことを思い出した。みんなが有吉さんの表示の前に集まってほめてくれるので、書いた人はこの人なんですよ。と紹介しようと振り向くと、もうさっきまでいたホームレスのおじさんの姿が消えて、それ以来図書館に来なかったことを。

「それからずっと忙しくてなかなか図書館にも来られなかったんです。でも、去年、引退して、さあ何をしようと考えていたとき、図書館へ自然と足が向いたんです。そこで、たそがれ図書館でボランティアを募集していることを知って応募したんです。そして、青空さんにいつか出会えたらいいなあと思っていたら、たそがれ図書館に赴任されて。運命の再会だと思いました」

有吉さんは未だ独身で、両親も亡くなり、天涯孤独だと言った。

有吉さんも自分と同じひとりぼっちなんだと思い、貴子は有吉さんのことを急に身近に感じた。

十一、歓迎会

歓迎会の会場は、小さな居酒屋だった。

カウンター席が七つと座敷の四人ほど座れるテーブル席が二つある。

きょうは、貴子の歓迎会のために貸切にしてもらった。

ご主人によると、

「貸切にしなくても客はめったに来ないよ」

と他人ごとのように高笑いした。

「青空さん、言うの忘れてましたが、本日の会場、居酒屋小平太は樋口くんのお父さんがやっている居酒屋さんです」

幹事の榊原先生が教えてくれた。

「うちの息子が世話になります。店の名前と同じで、樋口小平太といいます」

「青空貴子です。こちらこそ、樋口くんには私のほうが教えてもらうことといっぱいです」

「おーい洋平、皆さんいらしたぞ。挨拶しに下りてこいよ」

樋口くんが照れくさそうに奥から現れた。

「さあ、これでたそがれ図書館スタッフ全員そろいましたね。本日、司会を務めさせていただきます榊原です。自己紹介をさせていただきますと、昭和三十二年に大学を卒業いたしまして…」

「ちょっとちょっと、そんなの聞いてたら、夜が明けちゃうよ。先が短いんだから私の貴重な時間をそんなのに使わないでほしいねえ」

朝日さんには、榊原先生もかなわないようだ。

「乾杯の音頭は最年長の私だったね。さあ、みんなグラス持って、青空さん、ようこそ、たそがれ図書館へ、カンパーイ！」

カンパーイ！

「参りましたなあ。では、私の自己紹介はまた次回ということで、後は自由に飲んで、食べて、話して歌ってください」

「榊原先生、そんなにしょげないで、いっしょに歌いましょう」

由香ちゃんに誘われて、榊原先生のご機嫌もなおったみたいだ。

榊原先生と由香ちゃんのデュエット、『居酒屋』が口火を切って、後は、朝日さんの島倉千代子の『人生いろいろ』、有吉さんのこれしか歌わないという谷村新司の『昴』が終わると、いよいよ貴子にマイクが回ってきた。

「では、ここできょうの主役の青空さんに歌っていただきましょうか？」

「私、あまり歌えないんです」

「まあまあ、そんなこと言わずに」

「そうですよ、だいじょうぶ、一人で心配なら私もいっしょに歌いますから。何にしましょう？」

「じゃあ、なんとか歌ってみますね。松田聖子さんの『赤いスイートピー』お願いします」

それから、五曲、延々と貴子の松田聖子メドレーを聞かされることになるとは、みんな思ってもみなかった。

貴子が、六曲目の『SWEET MEMORIES』を歌おうとした時、

「宴もたけなわですが、皆さん、樋口くんは高校生ですので、そろそろお開きにしなければなりません。その前にやはり樋口くんにも一曲歌っていただきましょう」

と榊原先生が言った。あの無口な樋口くんが歌をみんなの前で歌うのだろうか？　貴子はちょっと心配になった。

「洋平、いつものやつでいいかい？」

居酒屋のご主人、小平太さんが言うと、樋口くんはこっくり頷いた。

ながれてきたイントロは演歌、五木ひろしだ。

樋口くんは、普段しゃべる時とは、まったく違う声で、いつもうつむきがちな視線も、歌うときには、まっすぐ前をむいて、堂々と歌っている。のど自慢なら間違いなく合格の鐘が鳴る。うまい！

「歌いましたね。青空さんの前でも。あの子は心許した人の前だけでしか、歌わないんですよ」

小平太さんがうれしそうに息子をみつめながら言った。

「中学でいじめにあってから、一時は声がほとんど出なくなりました。それから学校へ行かなくなり、たそがれ図書館にこもるようになったんです。高校に上がってからは少しずつ学校に行けるようになりました。母親はあいつを生んですぐ亡くなりましてね。だから、あいつを子守りしながらできる仕事を考えて、会社をやめて、この居酒屋を始めました。

演歌は朝日さんに教えてもらったんです。毎朝、朝日さんの鼻歌聞いているうちに覚えて、小さな声でいっしょに歌うようになって、やがて、たそがれ図書館にある、古い演歌のカセットを借りてきて、家でも歌うようになって」

「とてもいい声ですね。きっと樋口くんは回復します。時間がかかってもきっと」

最後はみんなでこぶしをにぎり、首を斜めに傾けて、なりきり五木ひろし六人の大合唱になって、歓迎会はお開きになった。

十二、講演会

きょうは、たそがれ図書館で榊原先生の第一回めの講演会が開かれた。

テーマは「本との出会い、人との出会い」だ。

「皆さん、まず、お配りした用紙に今までの人生の中で出会った本、あるいは人のベストテンを書いてみてください。感動した本、おもしろかった本、あなたの人生に大きな影響を与えた人など、印象に残っている本や人など十個の枠が埋まるように書いてみてください」

講演会に集まった人たちは、首をかしげたり、宙を見上げたりしながら、用紙に書き始めた。

「人の一生の中で、いったい何冊の本、何人の人に出会えるでしょう。命には限りがあります。わたしは一冊でも多くの本に出合い、一人でも多くの人と出会いたい。だから、眠るのがもったいない。いつも三時間睡眠です。三時間経つと体がむずむずして起きてしまう。人といっぱい話したくて、こうやって毎日、あちこちで講演会を開いてます。では、みなさんが書いている間、ＢＧＭでも……」

榊原先生は、去年まで勤めていた大学の校歌をオペラ風の大きな声で歌いだした。会場から笑いが起こる。ＢＧＭとしては多少うるさい。榊原先生の歌が三番まで終わったところで、会場の二十人の人たちほとんどが書き終えたようだ。

「じゃあ、きょうは少人数なので、お一人ずつ、お名前を言っていただいて、あなたの人生に影響を与えた一冊あるいは一人を発表していただきましょう」

二十人の人たちはそれぞれ印象に残った本や恩師、家族、友人など発表していった。

中には、十個もとても書けなかった、私の人生なんだったんだろう、つまらない平凡な人生だったと悲観する人まで出てきた。

「そんなに悲観しないでください。例えば本との出合い。何を読んだらいいのかわからないという方。そのために図書館には司書がいるんです。こちらにも女神さまのようなやさしい司書がいます。青空貴子さんです。ひとことご挨拶お願いします」

貴子は突然ふられて、びっくりしながらも挨拶した。

「司書の青空です。図書館司書は本と人を結ぶキューピッドだと思っています。私の他にも榊原先生を始め、ユニークな図書館ボランティアが五人います。どんなことでもお気軽に相談してください」

「青空さん、ありがとうございます。本にもいろいろな種類があります。小説のように一ページめの一行目からずっと順を追って読んでいくもの、辞書のように必要なページの必要なところを必要なときに利用するもの。雑誌のように興味のあるところを好きなように読むもの。本を開いた途端、すーっとその世界に入っていけるもの。むずかしくて、とっつきにくく、とても最後まで読めないものなど。でも、ある時、読んでピンと来なかったものも、時を置くといい本だったと気づいたりする。人も同じで、あまり好きでない人も、時が経つと好きになったりする。人生常にチャレンジです。一生の間で、どれだけの人と出会えるか、どれだけの本と出会えるか、限りある出会い大切にしていきましょう。人生はすばらしい！」

　会場からあたたかい拍手がわきあがった。

　榊原先生は出入り口に立ち、二十人全員に名前で呼びかけ、「○○さん、また会いましょう」と握手して見送った。全員の名前を覚えていたことにみんなびっくりしていた。榊原先生の特技である。

　その人の顔の後ろに名前を風景にして覚えるらしい。例えば、田中雪子なら田んぼのまん中に雪だるまを想像する。

　榊原先生の講演を聴いた人たちは、

「榊原先生の講演を聴いて元気いっぱいになりました」

「こんなところにこんな静かな落ち着いた図書館があるなんて、知らなかったわ。お友達にも紹介します」

「癒されますねえ。また来ます」

「私、この図書館で人生を変える一冊見つけます」

　とさっそく本を借りていってくれた。

「榊原先生、きょうは本当にありがとうございました。たそがれ図書館に二十人も人が入るなんて初めてです。どんどん、こんな感じで活気ある図書館にしていきたいです」

「私も楽しかったです。これくらいの人数だと一人一人の顔が見えるし、意見も聞きながらできますからねえ。どうです？　もうじき閉館ですよね。お食事でもごいっしょに」

「いいですねえ。きょうは私におごらせてください」

「じゃあ、遠慮なく、次回はわたしが」

居酒屋小平太は、きょうは貸切とはいかず、二、三人、客が入っていた。みんな間を空けてひとりずつのお客さんだ。

「貴子さん、実にあなたは美しい。初めて会った時、胸がどきどきして、うまく話せませんでした。今でもどきどきして胸が張り裂けそうです」

お酒が相当回ってきたみたいだ。大声なので他の人に聞かれてしまう。先生はまったくそんなこと気にしていない。

「榊原先生、奥さんがいる方はそういうことは奥さんに言ってあげてください。わたしはだんなからそういう言葉が一度も聞けなくて、ばばあとか不細工とか、けなされてばっかりでほめられたことなんか一度もありませんでした。愛されていないんだなあと思ったら、これから先の結婚生活が不安でたまらなくなって、離婚してしまったんです。先生は奥さんを大事にしてあげてください」

「貴子さん、今ここにあなたの元だんなさんがいたら、ぶっとばしてやりますよ。貴子さん、あなたの元だんなさんはね、目の前にダイヤモンドがあるのに気づいてなかったんだ。みにくいアヒルの子は実は美しい白鳥だった。あなたは美しい白鳥です。大空へ飛び立ちなさい。大きく羽を広げて」

そう言うと榊原先生は両手を大きく広げて羽ばたき始めた。

貴子は榊原先生がだんだんエスカレートしていきそうだったので、話を変えようと思った。

「そうそう、この間の歓迎会の時の先生の自己紹介、まだ、聞いていませんでしたね。はい、きょうはじっくり聞きますよ。子どものときからどうぞ」

と貴子はおしぼりをマイクがわりに差し出した。そのおしぼりマイクをとって榊原先生は話し始めた。

「ぼくが、まだ小さい頃はね、戦争中だったんです。食べるものもろくになくて、食べたくても食べられない、ひもじい思いをしたんです。だから、食べ物を残すってことができない」

榊原先生は、そう言うと貴子の皿に残っていたとんかつのはしっこの一切れとキャベツの残りを食べ、自分のどんぶりのうどんの汁を飲み干した。

「榊原先生、だめですよ。汁まで飲んじゃ、塩分取りすぎです。油ものも控えないと」

「これだけあれば、あの時飢えて死んでいった人が何人救われたかと考えるとねえ、とても残すなんてことできませんよ」

榊原先生の目に涙が光った。

十三、ひとめぼれ

それは、まさしく一目惚れだった。

たそがれ図書館で初めて青空貴子に会った瞬間、榊原の体の中を矢が貫いていった。

七十もとうに過ぎて、こんな気持ちになるなんて、考えてもみなかった。

青空貴子は特別美人でもない。年も四十九歳。どこにでもいる平凡な女性である。

理屈ではない。恋に説明などいるのか。

一年前、大学を退職してからも、講演会や執筆活動などで、それなりに忙しく過ごしてきたが、大学教授という肩書きが外れると、講演会や原稿の依頼も随分少なくなった。人との新しい出会いも大学にいる頃よりうんと減った。

そんな時、月並図書館の館長、佐藤から依頼され、たそがれ図書館のボランティアをすることになった。といっても、あいている時、たそがれ図書館に顔を出すくらいで、そこには、定年間近の司書と高齢の利用者が二、三人いるくらいで、あまり張り合いがなく、遠ざかっていた。

新しい司書が来る、それも若い女性だと聞いて、久しぶりにたそがれ図書館に行ってみることにした。

大学では、当たり前のように若い学生たちに囲まれていたが、退職してから、講演会を聴きに来る人々のほとんどが六十歳以上であることを知り、あらためて高齢化社会を実感した。

だるまストーブの前に座る彼女は、もうそこが定位置のようにたそがれ図書館になじんでいた。

図書館にうっすらと入ってくる光が彼女の背中に当たり、後光が差してまぶしかった。

媚びるでもなく、高飛車でもなく、彼女の話し方は自然で、初対面の感じがしなかった。

もう何年も前からの知り合いのように感じた。

彼女のたそがれ図書館への情熱に押されるように、講演会をした。

小スペースで少人数の講演会は、実に楽しかった。

一方的な講演会でなく、参加者と作り上げる講演会。

そして、そこには恋心を抱いているアシスタントの青空貴子がいる。

もちろん長年連れ添った妻は、別格の一番である。

青空貴子は憧れ、密かに想う恋である。

十四、貴子の孤独

榊原と居酒屋で別れ、貴子は家に帰った。

ハンドバッグから、鍵を取り出し、鍵穴に突っ込んだ。鍵を回し、冷たいドアノブをにぎってドアを開ける。

真っ暗な部屋へ入って、入り口のスイッチを押して、明かりをつける。

静けさに耐えられなくなって、見たくもないテレビのスイッチをつける。案の定、見ても見なくてもどうでもいいテレビ番組をボーッと見る。家での貴子は、まったくダメ人間になってしまう。

部屋ももう何日も掃除していない。一人暮らしだと、それほどよごれもしない。

一年前、離婚する前までは、仕事をしながら掃除も料理もまあまあにこなす主婦だった。でも小さなマンションで一人暮らしの今、誰のためでもないと思うとやる気がでない。

家で何もしない分、仕事で挽回しようと躍起になった。誰にも頼れない。以前は図書館の仕事がやりがいのある楽しいものだったのに、離婚してからは、生きていくための糧になっていった。

仕事命の生活。

離婚を決めたのは愛されていないと感じたからだ。

思えば結婚してから、夫にほめられたことなど一度もなかった。

口を開けば、けなされたり、ばかにされたり、いやみを言われたり、皮肉を言われたり、心休まることがなかった。

夫は、昔ながらの考えの人で、男子厨房に入らずを貫いて、料理も後片付けも、どんなに貴子が体調が悪くてもしなかった。ごみ捨ても、新聞やダンボール縛りも、掃除も、外の草刈りも、大きなタンスの移動もゴキブリ退治も何一つ家のことはせず、休みの日はひたすら居間で横になっている人だった。買い物も休みの日、重いものを買うため、車に乗せていってもらおうと頼むと、一度ではだめで、必ず「何で?」「どこへ?」「だれが?」とか頼むたびに答え、十回くらい頼まないと乗せていってくれなかった。それでも息子が小さいうちは車に乗るのを喜んだし、父親との交流も大切だといやみも我慢して乗せてもらっていた。でも、あまりにも恩着せがましいので、息子が大きくなってからは頼まなくなった。他のことも頼んでもやってくれないといらいらして、それをとがめると喧嘩になって夫はハンガーストライキをするので、余計に貴子が不快な思いをするだけで、結局夫は家事を手伝おうという気にはならず、次第に頼らなくなった。

うちは母子家庭で、あしながおじさんがお金だけ援助してくれているのだと思うことにした。土日、家に寝転んでいるときは、視界から夫を消して、そこには誰もいないんだと思うことにした。

そのうち、暴言を吐くようになった。

貴子のことを「ばばあ」と呼ぶようになり、「くそばばあ」と息子の前でも平気で呼ぶようになり、ことあるごとに「ブス」と連発した。

この人といると、自分に対してどんどん自信がなくなる気がした。

妻を自分より低い位置に置いておかないと気がすまない、古臭い昭和の夫だった。

息子も大きくなり、部活などで家にいることも少なくなり、夫と向き合った時、この人と二人でこれから先、何十年もやっていけないと感じた。二人でいる時の方が、一人でいる時よりずっとさみしい気持ちになった。

ストレスからか胃腸の具合がずっと悪く、胃カメラの内視鏡検査を薦められ、胃がんではないかと不安でたまらなかった時も、貴子が、

「胃がんだったら、どうしよう」

と言ったら、

「そりゃいいや。よっしゃ、若い嫁さん、もらえるぞ」

と言った。

「何で、そんなことしか言えないの」

と貴子が泣き出すと、

「冗談に決まっとるだろ」

と言った。こんな時に冗談なんて、悪質だ。慰めてもらいたかった。あったかい言葉が欲しかった。

冗談だと後でひとこと言えば、どんなひどいことを言っても帳消しになると勝手に思っている。言われた方は傷つき、いつまでもトラウマになって苦しんでいることなんか、まったく気づかない。

貴子はもっとお互いを思い合っていたわり合う、何でも話せる夫婦が理想で、毎週お休みにはショッピングしたりドライブしたり、年に何回かは旅行に行ったりする仲良し夫婦になりたいと思っていた。

でも、年々、夫は気難しくなって、その理想から遠ざかっていく。

結婚二十五年めの銀婚式の日、貴子はこの日、何も夫が気づいていなかったら離婚しようと思った。居間のカレンダーにさりげなく○をつけたり、前日には、

「あしたは、すき焼きにしようかなあ」

とか言ってみたりした。

当日、夫は十一時過ぎに酔っぱらって帰ってきて、

「めしいらん、風呂入って寝る」

と言った。特別な一日もあと一時間で終わってしまう。生活に不安はある。でも、もう我慢も限界。

「きょうは結婚二十五年めの銀婚式なんだよ」

「それがなんだ」

「普通、お祝いしたり、旅行の計画立てたりするよね」

「そう簡単に会社休めんし、ばばあと行ってもつまらんだろ」

ゴルフの時はしょっちゅう休むくせに……。

「私はそんなにつまらない女でも価値のない女でもない！　ばばあなんて言われるほど老けてない！」

とずっと前から用意していた離婚届を突き出した。

確かに、結婚しようと決めた頃は、お互い愛し合っていたはずだった。どうして時が経

つと人の気持ちはこんなにも変わってしまうのだろう？

十五、テレビ登場

たそがれ図書館は、由香ちゃんが作ってくれたたそがれ図書館ホームページでの宣伝や、榊原先生始めいろいろな人のミニ講演会、有吉さんの作ってくれた看板案内やパンフレットの充実で利用者もだんだん増えていった。

きょうは、夕方のテレビ情報番組で取り上げられることになり、たそがれ図書館から生中継されることになった。

リポーターの女性がまずは貴子にマイクを向けた。

「森の中にある、なかなかいい雰囲気の図書館ですねえ」

「はい、空気も綺麗ですし、ぜひ癒されにお越しください」

「こちらには、ユニークなボランティアの方々が図書館の運営をお手伝いされているとお聞きしましたが、ご紹介いただけますか？」

「はい、ボランティアは全員で五人いますが、きょうはその中の二人に来てもらっています。まずは最年長の朝日さんです」

「こんにちは、朝日さん」

リポーターは朝日さんにマイクを向けた。

「こんにちは。最年長なんて紹介されましたが、私がボランティアの中で一番元気ですよ。ほら、このとおり」

七十五歳の最年長ボランティアの朝日さんがでんぐり返しを披露した。

周りの驚きをよそに、朝日さんは、呆然としているリポーターのマイクを取り上げて、

「こちらが高校生のボランティア樋口くんです。彼は図書館の本の場所をすべて記憶しています。そら、リポーターさん、あんたが昔読んだ印象に残っている本、言ってみてごらん」

とリポーターにマイクを向けた。リポーターはあわてて、マイクを朝日さんから奪い返し、

「では、〝1リットルの涙〟なんてありますか？」

と樋口くんにマイクを向けた。

「はい、あります」

樋口くんは書架へ一直線に進み、本を抱えてリポーターに渡した。

「当たってます。すごいですねえ」

リポーターはカメラに表紙を向けた。

きょう来られなかった他のボランティアの活動も、ＶＴＲで紹介された。榊原先生のミニ講演会、由香ちゃんの図書館ホームページ作りとおいしいお茶を図書館利用者に入れて歓談するところ、有吉さんのお洒落な看板作りや館内表示作りなど。


番組が放送された翌日からしばらくはテレビを見たという大勢の人がやってきた。それもやっともとの静けさにもどった頃、本館の館長から貴子が呼ばれた。

「館長、お呼びでしょうか」

「お呼びでしょうかはないだろう。一年前、君が言ったこともう忘れたのかね？」

「私何か言いましたか？」

「おいおい、一年経ったら、最新の情報システムを備えた新館へ行かせてほしいって」

「ああ、そんなこと確かに言っておりました。でも、やはり、もう少したそがれ図書館にいたいんです。勝手言って申し訳ありません。もう一年、たそがれ図書館で働かせてください。お願いします」

そこにいる貴子は、一年前よりふっくらして、やわらかい印象になったと榊原館長は感じていた。

十六、さよなら榊原先生

たそがれ図書館は、貴子にとってもう分身みたいな、ふるさとみたいな、ボランティアの家族がいるわが家みたいな大切なものになっていた。

たそがれ図書館に来て、もうすぐ一年か……。

そうだ、一周年記念のイベントをしよう。

ボランティアのみんなに講師をしてもらって、講演会や講習会を開こう。

由香ちゃんには、チャムリエとして、日本茶の淹れ方の講習会とか、有吉さんには絵の描き方とか、朝日さんにはフラダンス、この間踊っているの楽しそうだった。樋口くんには私と二人で図書館の楽しい利用の仕方なんてどうだろう？

まずは、一番忙しい榊原先生に連絡して、スケジュールあけてもらっとかなきゃ。

貴子は古いダイヤル式の黒電話の前に行った。

と同時にけたたましく呼び鈴が鳴った。

「はい、たそがれ図書館です」

「青空さんですか？　私、榊原の家内です。主人がお世話になっておりました」

「いいえ、こちらこそ、榊原先生には大変お世話になっております。先生のおかげで、たそがれ図書館も活気が出てきました」

「実は、榊原が今朝、交通事故に巻き込まれまして、亡くなりました」

貴子はすぐには理解できなかった。

「え？」

亡くなった？　聞き間違い？

榊原先生の奥さんの押し殺したような泣き声が受話器から聞こえ、現実だと理解した。

「わかりました。図書館の皆さんには私の方から連絡します。突然のことで、びっくりしてしまって……、信じられなくて……、何かお手伝いすることありましたら、おっしゃってください」

なんと言えばいいのか、あまりの突然に言葉もなく、受話器を置いてしまった。あの誰よりも元気だった榊原先生がこの世にもういないなんて信じられない。唯一、ほめてくれる人だったのに。だから、私はがんばれたのに。

貴子から連絡を受けて、ボランティアのみんなが図書館にかけつけた。

一番の喧嘩相手で仲が悪いのかと思っていた朝日さんが、一番気落ちして、いつもの元気がまったくなく、十歳も二十歳も年をとってしまったように見えた。

「あの人がいなきゃ、わたしは誰にぽんぽん文句言えばいいのかねえ。自分大好きで、自分のこと話し出したら止まらない。周りの空気読めなくて、お調子者で、うるさくて、うっとうしい、あの人じゃなきゃだめなのよ」

ムードメーカーの榊原先生がいないたそがれ図書館は、暗く沈んでいた。

十七、ユニークなお葬式

榊原先生のお葬式は、実にユニークなものだった。

奥様の話によると、六十歳の還暦を迎えた時、葬儀屋さんを呼んで生前に自分のお葬式の演出をしたいと言ったそうだ。奥様にもその内容は内緒で、葬式をみんなが楽しめる私の最後の講演会にしたいとはりきっていたそうだ。

葬儀会場に入るとすぐに、榊原先生の系譜が張り出され、生まれた時から、小中学校、高校、大学の学生時代、そして中学・高校の教員時代、大学教授から最近の講演をする姿までの写真が並んでいる。

そして、榊原先生自ら生前に録音した挨拶が流れた。

「本日はお忙しい中、私の葬儀に参列していただき、ありがとうございます。ごゆっくり故人を偲んで、ご歓談ください。涙は禁物、明るく陽気に参りましょう！」

会場に入ると、縁《ゆかり》の人々が立食パーティのように歓談して、あちこちから笑い声が聞こえる。

　正面のスクリーンで榊原先生が、

「香典もお線香もいりません。その代わりに、皆さんの笑い声や笑顔を私にいっぱいください。それを見て、私はあの世へいって参りまーす！」

　とバンザイポーズで微笑んだ。


　式も終わりに近づくと、榊原先生の最後の挨拶が流れた。

「宴もたけなわですが、ここらへんで、私の旅立ちのご挨拶をさせていただきたいと思います。

　まずは、最愛の妻、幸恵。こんなわがままな私にずっと付き添ってくれて、本当にありがとう。幸恵はまだ若いので、僕の分までいっぱい人生を楽しんでください。恋愛、再婚も快く祝福します。私はこの世界に生まれて本当によかった。大満足です。皆さん、ありがとうございました。最後はどうぞばんざいで送ってください」

　榊原先生は、この後、百人近くにメッセージを残したようで、会場で紹介しきれなかった分は、榊原先生が自ら作成したカセットテープでそれぞれもらってかえった。

貴子にも、メッセージを残してくれていた。

「青空貴子さん。あなたにたそがれ図書館で出会った時のことを思い出すと胸がキュンとなります。定年退職した後にこんな充実した楽しい輝く日々をくれて、本当にありがとう。ちょっとくやしいですが、いつか良い伴侶を見つけて、幸せになってください。貴子さん、あなたは美しい。自分に自信を持って、堂々と胸を張って生きていってください。たそがれ図書館もますます活気あふれる素敵な図書館になるといいですね」

榊原先生が昔から大事にしていつも携帯していたカセットのウォークマンに向かって、一人一人にメッセージを語っている姿が見えるようだった。

唯一手放しで貴子をほめてくれる人がこの世からいなくなってしまった。榊原先生は全力疾走で人生をかけ抜け、貴子の前に現れたと思ったら、あっという間にいってしまった。

十八、由香の縁談

いつまでも沈んでばかりはいられない。

榊原先生から始まったたそがれ図書館での講演会や講習会は〝たそがれカルチャー〟として、評判になり、遠方からも多くの人が訪れるようになった。

特に由香の〝お茶の淹れ方講習会〟は、年配のご婦人方に好評だった。

ある日、講習会が終わったときのこと、一人のご婦人から、

「由香先生、私の甥っ子のお嫁さんになっていただけませんか?」

と突然言われ、由香は戸惑った。まだ、二十四歳。結婚なんて考えてもみなかった。

「実は、静岡にあるお茶農家の長男なの。田舎でなかなかお嫁さん見つからなくて。先生なら、お茶のこと詳しいし、甥っ子にぴったりだと思って。どうかしら?」

「どうかしらと言われても、私、甥っ子さんとお会いしたこともないし」

「そうおっしゃると思って連れてきたんですよ」

婦人の少し離れた後ろに男性が照れくさそうに立っていた。

「初めまして、坂本剛です。すみません。突然でびっくりしちゃいますよね。でも、ぼくは初めてじゃないんです。たそがれ図書館を紹介したテレビで、由香さんをひと目見たときから、何か運命感じて。この人がぼくのお嫁さんになるって、思ったんです。それから、由香さんが作る、たそがれ図書館のホームページ毎日見て、ますますファンになりまし

た」

剛は由香をまっすぐ見つめ、熱く語った。

「私は、剛さんのこと、まったく知らないので、すぐ良いご返事というわけにはいきませんが、何度かお会いしてお時間いただけますか？」

「もちろんです。今度、お休みの時に、静岡にも遊びに来てください」

婦人は二人の会話を満足そうに聞いて、

「じゃあ、後はお二人でね」

と連れのお茶の淹れ方講習会のみんなとたそがれ図書館から出て行った。

由香は、グレて高校を中退したこと、資格を取ってやっと入った会社もすぐにやめてしまったことなど正直に話した。

剛は、「ぼくは、今の君、これからの君と結婚するんだ。気持ちは変わらない」と言ってくれた。

それから一か月後、由香は静岡のお茶農家にお嫁に行った。盆、暮れ、新茶の季節にはおいしいお茶がたそがれ図書館あてに届く。由香の近況は由香のお茶農家の手作りホームページを見ればいつでもわかる。今日のホームページでは大きなおなかを抱えた由香が剛といっしょに茶摘みをしていた。

十九、小平太さんの入院

有吉さんは、趣味でずっと書いていた童話や絵本の挿絵が、癒される絵と評判になり、個展など開いてけっこう有名人になっていった。たそがれ図書館にも有吉さんの看板を目当てに見に来る人が増えた。

そんな折、有吉さんが、貴子を食事に誘った。

「大事な話をしたいんだ」

「じゃあ、いつもの小平太で」

「いや、他の店にしよう。明日の夕方、図書館に迎えに行く」

「わかったわ」

有吉さんは、いつもの穏やかな顔と少し違って、緊張した顔を貴子に向けた。

榊原先生が亡くなって、もうすぐ一年が経とうとしていた。

有吉さんとの約束の日、今度は樋口くんのおとうさん、居酒屋のご主人小平太さんが外出先でたおれた。脳出血だった。

「お父さんが死んでしまう。助けてください。お父さんを助けてください！」

学校で病院からの連絡を受けた樋口くんが、たそがれ図書館にそう叫びながら入ってきたときには、気が遠くなりそうだった。演歌を歌うとき以外で樋口くんの大きな声を聞くのは初めてだった。

これ以上、もう誰も失いたくない！

貴子は樋口くんといっしょに病院にかけつけた。

集中治療室のガラス越しに見た小平太さんは、管をいっぱい繋がれてベッドに横たわり、痛々しかった。

「ご家族の方ですか？」

看護師さんが二人に声をかけた。

「この子は息子です。私は友人です」

「では、ご家族の方のみお入りください」

樋口くんは、不安そうな目で貴子を見た。大丈夫と頷いてみせた。

家族ではない。

ガラス越しでしか、小平太さんを見守ることができない自分が悲しかった。

樋口くんは、小平太さんのベッドまで行き、小平太さんの手をにぎり、一言二言会話していようだった。そして、二人は貴子の方に顔を向けた。小平太さんが右手をわずかに挙げて力なく手を振った。貴子は小平太さんの分も元気よく両手を振って応えた。涙が後から後から流れ、止まらなくなった。

医師からの説明によると、幸い命に別状はないそうだが、左半身に麻痺が残るかもしれないとのことだった。

有吉さんも貴子から連絡をもらい病院にかけつけた。

夜間の病院の待合室はシーンと静まり返っていた。

二人の小さな声までも重く響いた。

「ごめんなさい。きょうの約束」

「いや、こんな事態じゃ、しょうがないよ。小平太さん、無事でよかったよ。リハビリすれば元の体に必ずもどるさ」

「話って何だったの?」

「いや、またあらためてゆっくり」

「うん、わかった。わたし、しばらく病院に通うね。集中治療室には家族以外入れないけど、窓越しからでも見守っていたいの」

貴子は、それから毎日通い、小平太さんが集中治療室から出て、脳神経外科病棟へ移ってからも図書館の仕事が終わるとすぐ病院に来て、小平太さんにつきそって献身的に看病した。


「奥さん毎日お見舞いに来てくれて、本当に仲良しご夫婦なんですね」

看護師さんが検温のとき、小平太さんに言った。

「いえ、私は……」

貴子が奥さんではないと言おうとした時、小平太さんが答えた。

「そうなんですよ。僕がいないとさみしいって言って、毎日来ちゃうんですよ」

「うわあ、ごちそうさまです。私も早く結婚したくなっちゃったなあ。なんだかきょうは暑いですねえ」

看護師さんは体温を書き写すと、記録簿で顔を仰ぎながら病室から出ていった。

「小平太さん、うそ言っちゃだめですよ。後で困りますよ」

小平太さんは、ぺろっと舌を出して笑った。

左半身が不自由になった小平太さんは、毎日リハビリをがんばっていた。一日も早くお店を開けたいと口癖のように言っていた。

その話を聞いた樋口くんは、せっかく入った大学をやめて店を自分がすると言い出した。でも、小平太さんやみんなに反対され、思い直した。小平太さんはますますリハビリをがんばり、医師も驚くほど回復し、左半身にまだ少し麻痺が残ったものの、小平太さんは居酒屋小平太に復帰した。

貴子は、小平太さんの看病をしている間に、いつの間にか小平太さんがかけがいのない存在であることに気づいた。

りんごの皮をむいたとき、コップと箸を洗ったとき、着替えを手伝ったとき、小平太さんは貴子が何かするたびに〝ありがとう〟と言った。その言葉を聞くたびに貴子はあったかい幸せな気持ちになった。自分が必要とされていることがうれしかった。小平太さんが回復してから毎日貴子は居酒屋に通った。小平太さんは貴子の愚痴をいつも静かに聞いてくれた。そこにいるとほっとできた。今度は貴子が小平太さんを必要としていた。

ある日の居酒屋小平太でのこと。

貴子はきょうも閉店近くまでいた。「帰りたくない」そんな言葉を必死にお酒といっしょに飲み込んでいた。

お客は貴子以外誰もいなかった。

「貴子さん、ぼくには自閉症の息子がいる。居酒屋もこんな感じで繁盛しているとは言えない。おまけに半身が不自由だ。何も自慢できるところなんかない。でも、貴子さんを想う気持ちだけは誰にも負けない。これからの人生、いっしょに生きていってくれないか?」

貴子は胸が熱くなった。

「ありがとう。すごくうれしい。でも、私、結婚に一度失敗してるし、二度とあんな思いするの怖いの。大好きな人がいつのまにか嫌いになるのは、辛すぎる。小平太さんをずっと好きでいたいから。だから、今すぐ結婚は……」

「わかってる。今、すぐでなくていいんだ。じっくり時間をかけて、貴子さんが納得してくれるまで十年だって二十年だって、いつまでも待ってる」

二十、貴子の居場所

そして、十年後、貴子はたそがれ図書館で定年退職を迎えた。

居酒屋のご主人小平太さんと貴子は、長い長い交際を経て貴子の定年を待って本日籍を入れ、結婚した。

有吉さんは、有名な絵本作家となり、外国にまで活躍の場を広げ、今はロンドンに住んでいる。それが、失恋が原因であることを本人の貴子も周りのボランティアも気づかない。小平太さんがたおれたあの日、貴子にプロポーズしようと思っていたなんて、まったく誰も思ってもいない。

朝日さんは、八十五歳の今も現役ボランティアとして、ますます元気に活躍している。

由香ちゃんは、三人の男の子の母親になり、子育てにお茶作りにと忙しい毎日を過ごしている。

樋口くんは現在、大学を卒業し、月並図書館に勤めて、五年目になる。情報センター長の高橋のもとで勤務している。貴子が樋口くんの母親になると聞いて高橋はびっくりしていた。

五年前に定年退職した佐藤元館長は、自宅で貴子の結婚の報告葉書を受け取り、貴子を十年前、たそがれ図書館に異動させたことをやはり間違っていなかったと確信した。初めて貴子が図書館に来たとき、カウンターに座って、「夢だったんです」と笑顔を向けてピースサインを出した頃を懐かしく思い出していた。

今はもう結婚して、子どもが二人いる貴子の実の息子からも祝福の手紙が届いた。

かあさん、おめでとう。

十一年前、とうさんとかあさんが離婚すると聞いて、平気な顔をしてみせてたけど、本当はすごくショックだった。亭主関白なとうさんにかあさんは黙って付いていく人だと勝手に思ってたから。

ぼくは、かあさんととうさん二人の子どもで二人とも好きだったから、どちらかを選ぶなんてできなかった。だから、一人暮らしを決め、しばらくはどっちとも連絡を取らなかったんだ。

とうさんは、定年後の一人暮らしにもすっかり慣れて、家事が趣味のようになっています。庭は四季折々の花で飾られ、ガーデニングもプロ級です。今は孫にメロメロです。昔のとうさんからは考えられないよね。「おめでとう」と伝えてくれとのことです。今は元気なとうさんですが、もう少ししたらいっしょに暮らしてもいいかなと思っています。だから、とうさんの老後は心配しないでぼくにまかせてください。

離婚の理由を「愛されてないから」とかあさんは言ってたけど、とうさんはかあさんのこと、愛してたと思うよ。結婚してみてわかったんだけど、妻や家族に本当の気持ちを素直に伝えるって、年月を重ねていくにつれ、近すぎてなかなかできないんだ。小学校の頃、男子が好きな女子に好きと言えなくて、わざと無視したり、いじわるしてしまうってやつじゃなかったのかな。とうさんもかあさんもぼくもみんなで意地をはっていたのかもしれないね。

今ならいろんなこと素直にかあさんと話せそうです。

居酒屋寄らせてもらいます。

心よりお幸せに。


明日から貴子は居酒屋のおかみさんとなる。

六十歳のチャレンジ、でも図書館カウンターが居酒屋カウンターに変わっただけ。

カウンター越しに相手をするのは同じ人間だ。

〝人生はチャレンジです。結婚おめでとう。貴子さん、人生は本当にすばらしいですね〟

榊原先生も天国から祝福している。

居酒屋小平太のカウンターの隅っこには、カウンター越しにピースサインをする貴子と小平太さん、そして息子の洋平君、三人の家族写真が飾られている。


森の小道をほんの二、三分歩いていくと、そこには森の一本の大木のように立っている建物があります。それがたそがれ図書館です。どうぞ皆さんお越しください。

そこにはあなたの探している本があります。

あなたが必要としている人がいます。

あなたを必要とする人に出会い、あなたの居場所が見つかるかもしれません。

あとがき

母が亡くなって半年がたちました。九十歳でした。

私が本を出版するたびに、一番喜んでくれて、何度も何度も読み返してくれました。三冊目の本の出版を一番心待ちにしてくれていました。間に合いませんでした。

でも、きっと天国に届くと信じています。

デイサービスにも本を持って行って、みんなに自慢していました。天国でもきっと、「娘が本出版したのよ」と自慢してくれることでしょう。

今回は、新作「奏でるアラ古希」の他に、今まで出版した二冊に収録された作品も載せました。サイズも、文庫本サイズから四六判サイズに出世しました。今までの二冊は小さくて（私は手乗り文庫と呼んでいましたが）、図書館に並んでいても他の本に埋もれていたので、図書館に行くたび、一センチ前へ出してきました。そして、その甲斐あってか、たまにネットで貸出中になっているのをみるとうれしくてニンマリしていました。誰にも求められたことはありませんが、サインも考えたりしました。

ウクレレユニット奏は、今の私の生きがいです。

そして、母が亡くなるちょっと前に、母の施設にウクレレユニット奏として、ボランティアに行けて演奏でき、母にみてもらったことが本当に幸せでした。

私の父母は亡くなってしまいましたが、これからもたくさんの父母に会いに、デイサービスや老人ホームに行って、演奏したいです。

私の孫はまだいませんが、たくさんの孫に会いに、こどもランドや赤ちゃん広場に行って、歌いたいです。

十年前、五十五歳の私は、「たそがれ図書館」で図書館司書の話を書き、五年前、六十歳の私は、「よってあなたを賞します」で賞状書士の話を書き、今回、六十五歳の私は、「奏でるアラ古希」で、ウクレレボランティアの話を書きました。

五年後、七十歳の私は、いったい何をして何を書くのでしょうか？　楽しみです。

最後になりましたが、この本の出版に関わっていただいた、すべての文芸社の皆様に感謝しております。

また、五年後よろしくお願いいたします。

二〇二五年　春

有森　小枝

著者プロフィール

有森 小枝（ありもり こえだ）

愛知県名古屋市出身、在住。
五十一歳で図書館退職。
五十五歳より五年ごとに本を出版。
六十歳より賞状書士になる。
六十二歳より高年大学鯱城学園同級生三人でウクレレユニット奏を結成し、ボランティアでデイサービスや老人ホーム、コミュニティーセンター、こどもランド、赤ちゃん広場などで昭和歌謡、童謡をウクレレ弾き語りする。
インスタ ukulele_kanade（ウクレレユニット奏活動報告）
koeda_arimori（おもにボタニカルアート投稿）
おもな作品
「ふしぎな水族館」（毎日童話新人賞）
「春に向かって」ポプラ社『元気が出る童話四年生スプラッシュ』所収
「二十五年目の同窓会」文芸社『こころの栄養ドリンク』所収
『たそがれ図書館』文芸社
『よってあなたを賞します』文芸社

奏でるアラ古希

2025年4月15日 初版第1刷発行

著 者 有森 小枝
発行者 瓜谷 綱延
発行所 株式会社文芸社
〒160-0022 東京都新宿区新宿1－10－1
電話 03-5369-3060（代表）
03-5369-2299（販売）

印刷所 株式会社フクイン

ISBN978-4-286-26355-7